JN246422

オンナの値段

鈴木涼美
suzumi suzuki

講談社

オンナの値段

オンナの値段　目次

第2章 美しければ美しいほど価値が上がる

第3章 パンツでも母乳でも

第4章 浪費という快楽

第5章 お仕事ではないシゴト

第6章 お金で買える愛がある

第7章　プライドはお金で買える？

はじめに

オンナとお金の浅く儚い歴史

日本の男女収入差が思うように縮小していないのはメディアでよく取り上げられる事実だ。確かに。40代50代となるとその差は300万円前後となり圧倒的に女性の収入は少ないし、これは統計上のほぼ全ての業種で多かれ少なかれ見られる現象だ。それは何も厚生労働省のデータを見るまでもなく日常的によく目撃しているし、考えてみれば当たり前の側面もある。私と同い年の、超優秀なマーケッターは子供が小さく時短で働いているため、会社にものすごい収益をもたらそうが彼女のおかげで2年膠着《こうちゃく》状態だったプロジェクトに風穴が開こうが、新人のなんの役にも立たない男性社員よりも給料は低い。

今後30年間会社のために身を粉にして働く確率が高いのは新人オトコだし、会社のために死んでくれる可能性が高いのはオトコだし、産休育休取る可能性が低いのも配偶者の転勤に合わせて会社を辞める可能性が低いのもオトコのほうだし、そもそも明治時代にできたオトコによってオトコのために作られたオトコの会社で働く彼女たちは、結構現実的にそんな状況下を逞《たくま》しく楽しく生きている。そうした男女差について打破していこうとか女性の地位向上のために戦おうという機運は尊いものと思うし、私もまたこれまでのそういった努力や活動に敬意を持ちつつ、それほど悲観せずに現実は現実で楽しく生きている。

女性が輝く社会や男女平等という言葉はあまりに正しく疑問符をつけるのが難しいし、確かに自分よりよほど役立たずのオトコたちが自分たちよりも評価される社会は考えてみれば納得いかない側面もあるのだろうが、ではオンナが稼ぐその先にどんなものがあるのか、というのは意外と論点にならない。なんだかんだひ弱なことを言っても、家族を養うためにオンナを幸せにするために母親に楽をさせるためにつまらない仕事でも続けようと考えるオトコたちは今も多い。そしてなんだかんだオトコたちはご飯を奢《おご》ってくれるし、家賃を払ってくれるし、婚約指輪も誕生日プレゼントも、こちらが用意しようと思うものより高額なものを用意してくれる。

では私たちオンナはどうかというとここ30年余り、徐々に収入が増え、オトコたちと似たような収入を得ることも、あるいはさらに高収入になることすらざらにあるし、比較的学校や職種を制限されずに好みの学歴をつけて好みの仕事につき、それなりのお金を得られるようになった。一方でオトコのように「家族を養う」とか「オンナを幸せにする」とかいう世俗的な大義名分にはイマイチ巡り合っていない。家族を養ったりオトコを養ったりしているオンナはもちろんいるが、それが社会的に共有された価値観だと私には思えないし、オンナが仕事をしてお金を稼ぐ根本的な理由だとも思わない。私たちは何のために働き、稼いだお金はどこへゆくのか。

その答えが見えていないのはある意味では当たり前なのだ。私が幼い頃にバラエティ番組やドキュメンタリーでとんでもない額の買い物をしたり、ハワイで豪遊したり、ホストと踊ったりするオンナは大抵がものすごく稼いでいる人というよりものすごく稼いでいる人と結婚した人や、ものすごく稼いでいる人の娘だった。消費社会でオンナが自分で稼いで自分で使うようになった歴史はまだまだ浅い。特に何も考えなくとも当たり前に働き稼いできたオトコたちとは違うし、彼らのようになんとなく背負っている大義もない。金持ちマダムやシロガネーゼではない、稼いで消費する主体としてのオンナはこの世に生まれたばかりである。

そんなわけで、私たち、とても不器用で迷走気味である。オトコ並みに稼いだところでそのお金の行き場はよくわかっていないし、どれくらい稼いでいいのかもよくわかっていないし、根本的な理由が見当たらない以上、そこに見当をつけるのも難しい。だから稼ぎすぎたり稼ぐのをやめたり、よくわからないことに使いすぎたり必要なところでけちったり、稼いでも稼いでも満たされなかったりする。

私も長く無駄なお金を稼ぎ、無駄なお金を使ってきた。酒やオトコや趣味の悪いブランド品にお金を使うと世間的に白い目で見られるが、ではオンナのお金の「まっとうな」使い道とはなんなのかと聞き返しても、これといってピンとくる答えがかえってくるわけでもない。自分磨き、勉強、親孝行、寄付、一生使える質の良い家具や革製品、どれも別に私たちが生きて働く意義になるほど一貫してもいない。そんなものが存在するのか、見つかるのかもそもそもわからないが、少なくとも私たちはオンナとお金の歴史を更新するべく、模索中の身であることには違いないだろう。

ここに集めた断片は、私自身も含めた大変不器用なオンナたちが彼女たちなりにお金と付き合ってきた記録である。その実態は滑稽で、時に見苦しく、間違っていて、愚かだ。小さな破綻を繰り返し、大きな矛盾を孕《はら》み、使うために稼ぐのか、稼ぐ故に使うのかを見失いながら、私たちはお金を愛し、お金と喧嘩《けんか》し、お金に絶望しながら、お金を求めてきた。

しかし正しさや真っ当さが示されていない以上、オンナは不器用に間違いを犯しながら、お金を稼ぎ、使って幸せを模索するしかない。その過程こそが私たちがあらゆる意味で「自由」になるために必要なプロセスであると私は信じている。

値札という名の服を着て

生まれて初めてお金に困る

24歳になるちょっと前、初めてクレジットカードが止まった。1枚目が止まったから別のカードを使っていたが、それもその次の月末には使用できなくなった。大学の名前が表面に印字された慶應カードとか東大カードは限度額が10万円しかなかったのであまり使うことはなかったが、渋々東大カードを使い出し、それはどうしても止まるのが嫌だったのでマルイのエポスカードのキャッシングで10万円満額借り、カルティエのパシャとバーバリーのトレンチコートは新品のままだったので質屋に持っていき、なんとか8月を乗り切ったところで、使えるカードはあと2枚、預金高は1000円を切るまでになっていった。家賃も2ヵ月滞納していた。大学院に入った1年目のことである。

私はその年の3月に入っていた撮影を終えてAV女優業を完全に引退し、撮影会、グラビア、握手イベントなども一切しなくなった。紹介されたお金持ちの愛人の真似事のようなことをしてお金をもらうこともなくなったし、バカみたいに金遣いの荒いキャバクラの客のアフターに付き合ってタクシー代をふんだくることもなくなり、毎日学校に通ってゼミや授業を受け、空き時間は学校の図書館や国会図書館で調べ物をしたり課題の英語論文の日本語訳などをしたりしていた。知り合いの姪《めい》（引きこもりがちのサブカル女子）の家庭教師をして日給1万円をもらったり、ごくたまに汐留《しおどめ》にあるレストランのエスコートや銀座のクラブのヘルプのアルバイトをしたりはしていたが、それも学校が忙しい時は週に1回以下だった。月の収入は親からもらう15万円のほかには10万円に満たない。

藤沢にある大学を卒業するタイミングでそれまで住んでいた下北沢《しもきたざわ》のマンションを引き払い、学部が同じだった女の子と2人で芝浦《しばうら》に部屋を借りた。古いマンションで、私たちが住んでいた7階から10階までが賃貸住宅、11階はビルの大家が家族で住んでいて、マンションの入り口やエレベーターホールに「幸せのために神に祈ろう」みたいなフレーズが書かれたお札のような看板があることはちょっと気になったが、自分たちの部屋の真下がオフィス階で気を遣わなくて済むのと、ファミリー向けらしい広いキッチンが2人とも気に入って即決した。仲介業者を紹介してくれたのは、直前まで何かと面倒を見てくれたAVモデル事務所の社長だった。家賃は16万5000円に管理費が5000円で17万円。2人で割れば8万5000円で、新社会人の同居人も、新大学院生の私も無理なく払えるはずの額だった。

その家に引っ越すまでの数年間、私の月収は最も多い時で350万円くらい、少ない時でも80万円くらいだった。最初のうちはマメに手帳に月の収入や客にもらったタクシー代、親からの仕送りなど細かく記帳していたが、途中で飽きてやめたので正確な数字はわからない。明治学院高校の3年間、それから留年した分も含めて慶應SFCの学部にいた5年間、欲しいものは大体全部買ってきた。もちろん、「この靴ベージュもブラックも可愛いけど、ブラックだけにしておこう」くらいの理性はあったし、パリス・ヒルトンとニコール・リッチーの『シンプルライフ』を観た後でも、うっかりポルシェを買うほどぶっ飛んではいなかったが、時間があれば新宿の伊勢丹などをうろつき、目についたものはあまり熟考もせずに買っていたし、雑誌を見て可愛いと思った靴やバッグはブランドに電話をかけてまで手に入れた。なんだかすごく欲しいような気がして、それを諦める理由を探すよりも、それを手に入れるお金を得るほうが早いと思っていた。

なんだかすごく欲しいような気がしていたものの、手に入れた途端にプッチの靴もシャネルのバッグもヴィトンの財布もルブタンの靴も、シーズン前に何十着も揃えるジャケットやパンツやワンピースも、私の部屋の淀んだ空気に紛れてしまって、朝起きたら昨日何を買ったのかも思い出せないというようなことはざらだった。部屋の押し入れには開けてもいないショップ袋がそのまま入っていたり、冬の初めに買ったタグ付きのままのコートが夏になってもハンガーにかかっていたりしたし、時々大学の後輩や高校の友人が遊びにきた際には紙袋に服を詰めて持って帰ってもらったりもした。別に気前が良いとかプレゼントするのが好きだとかいう訳ではなく、雑誌やプランタン銀座で見たときにはあんなに煌《きら》めいて見えて、絶対に欲しいと思ったはずのそれらの煌めきはとっくに消えていて、収納に困るだけだったからだ。

そんなわけで私は、別にそれらがなくてもどうってことないと思っていた。どうしても欲しいものが手に入らない人生は嫌だが、考えてみればどうしても欲しいものというのは限られている気がして、百貨店に行かずに家でDVDでも観ていればそもそも欲しいものが生まれることもほとんどないのだから、AV女優をやめることにも収入が減ることにもそれほど抵抗がなかったし、決心や思い切りが必要なものでもなかった。AV事務所もキャバクラも、ただ単に引っ越しと大学院の授業が忙しくなるという理由でうやむやにやめただけだったし、今月から心を入れ替えようという気もなかったが、それまでなんとかなってきたし、これからもなんとかなると思っていた。

結局、引っ越しの時にはそれまでのワンルームマンションには置いていなかったソファやダイニングセットを買い足したし、大学院に入ったら大量の参考文献が必要だったし、別に百貨店まで行かなくてもちょっと立ち寄った駅ビルには今年のトレンドの洋服があったし、たまにヘルプで働いていた銀座の店はそれまで着ていたキャバドレスで接客することは禁止されていて品の良いドレスワンピースなどを買い揃えたし、それらは私にとって悩むほどもなく必要なもので、そうこうしているうちに最後に振り込まれたギャラも含めて預金残高はどんどんゼロに近づいていった。それでも不思議なことにカードが止まるその日まで危機感なんて全然なかった。

今も基本的には買い物はクレジットカードを使うことが多いが、学生時代はさらにカードばかり使っていて、しかしいつも通帳には全カードの引き落とし額合計のさらに倍くらいの残高があったため、学部生時代は一度も引き落としを漏らしたことも、複数回払いを使ったこともなく、極めて優良な顧客だった。単にポイントを貯めたかったのと、現金を引き出すのが面倒くさいという理由で、ギャラやキャバクラの給料は全て銀行に預けて、個人的にもらったチップやお小遣いで、コンビニやカードの使えないタクシーなど、必要な現金はまかなっていた。それだけでも常に5万円から10万円くらいは財布の中に入っていたし、AVやキャバクラをやめた時になんの不安もなかったのは、そういう、正規のギャランティや給料だけではない、どこの誰からもらったわけでもないよくわからない現金のせいだったと思う。この世界では生きているだけで、多少はお金が入ってくるものであって、ギャランティや給料がなくなっても、ちょっとした必要なものやぜひ買い足したいアイテムを我慢する必然性はないと思っていた。

ところがしかし、AVのギャラが振り込まれなくなり、キャバクラの最後のお給料が振り込まれた後、しばらくして私は財布にも通帳にもお金がないという事態を体験する。平日は真面目に授業に通い、授業のない日に国会図書館で調べ物をしてコピーに5000円払い、赤坂見附《あかさかみつけ》の駅のマックで遅めの昼ごはんを食べると、財布には芝浦の自宅までのタクシー代すら残っておらず、仕方なくSuicaを使って電車で帰った。ちょうど友人に以前私が購入したエルメスの時計を2万円で譲ってくれと頼まれていたのを思い出し、急いで時計を探して友人に送りつけ、2万円振り込んでもらった。

いいな、お金困ってなさそうで

ただ、それまでの数年間、たとえ月末にお金がなくとも、カードの請求が来るまでには何かしらの理由でお金が用意できた経験から、その時点でものすごく危機感があったかというとそうでもなかった。基本的にはタクシーや食事などもカード払いを増やし、シネマライズで観たい映画があったので、ついでに渋谷のマルイに入っていたアルバローザで夏に向けた白いパーカーとウエッジソールのサンダルをカードで購入し、さていい加減ちょっと金策を考えなくては、と思ったところで生理が遅れていることに気づき、家に買い置きしていたクリアブルーにおしっこをかけたら青い線が2本現れた。

なぜその病院を選んだのかどうやって見つけたのか理由を思い出せないのだが、私は自分が通っていた高校にほど近い高輪台《たかなわだい》の駅の近くの良心的な産婦人科を受診し、中絶手術の費用やスケジュールなどの説明を受け、帰ってきてしばらく経つと猛烈な腰痛でほとんどまっすぐ立ったり座ったりできなくなった。中絶費用は相手の男が封筒に入れて持ってきてくれた。別にちゃんと付き合っているわけでも、ものすごく好きだったわけでもないテレビ局員で、真面目そうな見た目だけど港区の自宅には女のキャミソールや口紅がたくさんあったし、私も彼にわざわざ連絡した理由は費用が欲しかったという以外にあまりなかった。

中絶費用が用意できても、窮状は何も変わらない。腰が痛い中、タクシーで何度か病院に通ったり、外食する気にも自炊する気にもならないで出前をとったりと無駄な費用はかかったし、何より金策を考えるには腰の痛みが気力も体力も奪ってしまうほどで、そもそもまともに起きて生活すらできなかった。銀座の店は休んだままで、当然家庭教師に行くこともできずに私より優秀な同級生に譲った。

横浜に住んでいた10代の頃通っていたジムの会員証がついたクレジットカードは限度額いっぱいまで使いきってしまっていて、引き落とし日になっても銀行には当然現金が入っておらず、そして中絶手術を控えた春から初夏に変わる蒸し暑い日にカードを止めるというハガキが届いた。携帯には、支払いを促す電話がかかってきていた。もう1枚のカードの請求日も過ぎて、おそらく手術が終わる頃には止まってしまうに決まっていた。

だから私は中絶の記憶というと、医者にしつこく言われて5年以上落としたことのなかったスカルプチュアのネイルを落としたことと、待合室の床の木目がくすんでいたことと、手術前までの腰痛を忘れるくらい手術後の腹痛がひどかったことをのぞいて、常にお金の計算をしていたことしか覚えていない。産婦人科の待合室で2人の子供を連れた妊婦を見ても、旦那と2人で健診に訪れる妊婦を見ても、「いいな、お金困ってなさそうで」という以外の感情を持たなかった。

医者の腕が悪かったわけではないだろうが、私は手術を終えても2週間ほど1日に3回訪れる子宮の激痛に悩まされ、結局夏休みに入るまでゼミは欠席した。友達と住んでいて良かったと心から思った。同居人の友人は私と同じ大学を出た後、IT系の大企業に就職し、順調に花形部署で期待のルーキーとして働き出していたが、元々が程よくやる気がなく程よく明るい性格だからか、別に周囲が見えなくなるほど仕事に没頭するわけでもなく、私のことも適当に面倒を見て、適当に放っておいてくれた。そして何より、社会人の割には私と同じくらいお金にだらしない状況となっていて、彼女のほうも家賃未払いとなっていたため私としては少し気楽になった。

腹痛が始まるととても起きてはいられず、ロキソニンを飲んで30分ほどベッドで悶《もだ》えると、眠れるくらいの痛みにまで静まる。そこそこ暑くなってきた自分の部屋にエアコンをつけて、引っ越し時に通販で新調したフランフランのベッドに横たわり、前の年のエゴイストのTシャツワンピをパジャマ代わりに着て、私は身動きもできず、昔のお客さんにピンチだから力になってとメールを送る気力もなく、目線だけで部屋の中を追った。

20歳そこそこの分際でセゾンカードのプラチナ会員になるほど買ったもので溢《あふ》れているはずの私の部屋は、満足のいく煌びやかなものではあったものの、驚くほど換金できそうなものは少なかった。前の週にカードの引き落としのために売ったカルティエの時計は直前にお客からもらったもので、バーバリーのトレンチは前年の春に『GLAMOROUS』に載っていたから買ったものの、私にはやや長すぎて一度も着ていなかったので覚えていたが、他には思いつくものがなかった。使い込んだシャネルのバッグが3つ、フェンディのバッグが2つ、ヴィトンのバッグが5つ、押し入れからはみ出している新品だか一度くらい着たのか判別がつかない大量の服、フランフランの鏡台と勉強机、バーニーズのカシミアがいくつか、大量の雑誌と本、シャネルやディオールのサングラスやピアスが10個くらいと、ティファニーやカルティエのネックレス、どれも箱から出してその辺に放ったらかしていたため、保証書も専用ケースもなかったし、どうせ買った時の10分の1くらいの値段にしかならないだろうし、全部換金したところで、止まっているカードと溜めている家賃を払ったらいくらにもならないと思った。

お金で買える幸せ

妊娠検査薬を持って産婦人科に駆け込んだのが早すぎたのか、何らかの理由で私は手術をするまでに1ヵ月以上待たなくてはいけなかった。腰痛に悩まされてあまり外に出られなかった1ヵ月と、腹痛でベッドの上で毎日過ごした手術後の2週間、私は強制的に全くお金を稼ぎも使いもしない時間を得た。思えば18歳を過ぎてからこんなに長く大したお金を使わなかったことも、一切お金を稼がないで過ごしたこともなかった。もしかしたらそれよりも前の女子高生の期間を加えてもそうなのかもしれなかった。

大学の5年、あるいは高校時代も含めた8年間について、私は幸か不幸かたっぷりゆっくりベッドの上で考える時間があった。その8年間、関心ごとの1位は常に恋愛と男のことだった。それ以外はAVやキャバクラで稼ぐお金のことや、歌舞伎《かぶき》町《ちょう》のホストクラブや六本木のクラブでの夜遊びのことや、友達が新しく買ったバッグや靴のことが8割と、吉本隆明やボードリヤールや見田宗介のことがちょっとと、漫画とテレビのことがさらにちょっとだった。

青春漫画で「世の中金やで」とひねる主人公の友人の言葉は私のものではなかった。100万円と好きな人と両想いになる権利だったら圧倒的に後者が欲しかった。ただ、できれば両方欲しかった。そして後者を手に入れる方法がなかなか見つからない一方で、１００万円を手に入れる方法はいくらでも見つけられた。お金で買えない幸せの価値がものすごく高いのは、どうやって手に入れるかも、本当に手に入るのかどうかもわからないからである。そういった意味で、私はお金で買えない幸せを諦めないままに、とりあえずお金で買える幸せは多く手に入れた。

お金で買える幸せも価値が高い。お金がなくては絶対に手に入らないからだ。10万円で靴を買う幸せは、10万円なければ絶対に手に入らないものだった。私が友人と住むマンションの玄関には、下北沢の家から持ってきた10万円の靴がたくさん入っていた。米国ドラマを観て覚えた靴のブランドは全て揃えたし、全く履く機会がなさそうなシルバーのパンプスや紐が切れそうな華奢《きゃしゃ》なサンダルも持っていた。でも私は、10万円で靴を買える幸せはもう持っていなかった。

もし妊娠しなければ、数週間、元AV女優としてデリヘルででも働けば、私のカードは破綻しなかったかもしれない。或《ある》いはそこまでしなくとも、ちょっと本気を出して何人かの馴染み客とデートしてお金をもらって手当てして、通常通りゼミにも国会図書館にも行ってなんの問題もなく過ごしていたかもしれない。ただ、もし妊娠しなければ、真面目に大学に通う生活に限界を感じてAV女優兼レギュラー出勤のキャバクラ嬢に戻っていたかもしれないし、それはわからない。たらればの想像をしてもしょうがないので、私はひたすらロキソニンを飲んでじっと腹痛が治るのを待ち、ちょっと動けるようになって残高があまりないSuicaを使って実家に帰り、親から70万円ほど借金をしてカード会社と不動産屋に振り込みをした。妊娠させた男に頼って彼の冷たさに傷つくのは嫌だったので、なんの関係もない男友達と女友達からも10万円ずつ借り、銀座の店に復帰して夏休みはシフトを増やし、アフターにも必ず顔を出してタクシー代をせっせと稼ぎ、友人に借金を返して、さらに当月分の家賃を支払ってなんとか3万円くらいは手元に残った。止まったまま2ヵ月近く放置したカードは、支払額を振り込んでも強制退会となり、カードをハサミで切って返送するようカード会社から通知がきた。それからは、お金はないなりにも家賃や光熱費に困ることがない生活リズムが完成し、無事に大学院に戻り、地道に図書館に通って論文を書き上げ、修士号を取ってから新聞社に入社した。そういえば親に借りた70万円はまだ返していない。

お金との付き合い方なんて知らない

私は思わぬ妊娠によって、大変情けない形で強制的にお金ジャブジャブの生活からも、AV女優っぽい金銭感覚からも抜け出した。今もお金遣いは荒いし、貯金はないし、欲しいものは我慢しない性質は変わっていないが、それでもカードが止まったのは人生であの時だけだ。

なぜ私はあの頃、あのベッドで腹痛と闘った夏までの数年間、あんなに高収入高支出をやめられなかったのだろうと不思議に思う。思えば、子供時代はいとこや近所の子供に比べると無欲なほうだった。大学に勤める両親の収入は十分にあったし、母親の実家は大変裕福な家庭で、呑気《のんき》な祖母などは子供って普通はデパートに連れていったらもっとあれ欲しいこれ欲しいとねだって泣いたり、すき焼き食べたいステーキ食べたいと欲丸出しにしたりするものじゃないのかね、と、どこに連れていっても、「何か欲しいものある？　食べたいものある？」と聞いても「別に」と答える私を若干可愛げがないように不思議がっていた。確かに、家族ぐるみで仲が良く、幼稚園時代からなんども一緒にハワイに行った同い年の友人は、空港やアラモアナで必ず何かを欲しがって買ってもらっていた。

どうしても欲しいものはごくたまに出現した。最初の記憶はサンリオのキャラクター「みんなのたあ坊」の子供向けのワープロ。おもちゃとしては高額で5万円くらいのものだったのだが、欲しいと言ったら「うちにはもっとちゃんとしたワープロが何台もあるのに」と母にブツブツ言われたが、結局買ってもらえた。中学2年生の頃、それまで使っていたマリクワの財布がどうしても安っぽい気がして、プラダの財布を欲しがった時も、ちょうどニューヨーク出張に行っていた父が買ってきてくれた。結局ワープロもプラダも1年も使わなかったので、ものすごく欲しいものでも手に入れたあとは大切にしないのは、何もAV女優時代に培《つちか》った性格ではなく、生まれつきの欠点らしい。普段あまりものを欲しがらなかったので、欲しいものが買ってもらえなかったり、手に入らなかったりした記憶はほとんどない。だから順当に、お金で買えるものよりも、お金ではなかなか買えない好きな男の気持ちや周囲を払うような美貌のほうを欲しがる子供に育ったし、必要のないものが多量に溢れかえるような部屋にはならなかった。

高校に上がるとさすがにそれなりに必要なものも欲しいものも増えたが、そもそも日常的におねだりが得意ではなかったし、タバコやルーズソックスやどうせすぐに流行りが過ぎ去るハイビスカス柄のキャミソールを買ったり、ピアスホールを開けたり、パラパライベントに行ったりするお金を、親の財布からもらうというのは何となく違う気がして、パンツを売ったりイベントのチケットをさばいたりして小金を得るようになった。そしていつのまにか、過剰に稼いで過剰に使う生活に前のめりで入っていく。

正直、当時欲しかったものはヴィトンの財布やダイアナの靴、me Janeやラストシーンガールのワンピ、クレージュのボストン、ヴィセのアイシャドウなど、大して高いものではなく、月に10万20万あれば、十分に面白おかしく暮らせる算段であったし、実は月に5万円くらいでも結構楽しめた。にもかかわらず、私は毎日、授業が終わると当時仲が良かった友人と渋谷のam/pmの近くで待ち合わせて、急いでブルセラショップに入り、閉店間際まで居座っていくら稼げるかを競い合い、いくらでも好きなものを買って、余ったら余ったで札束を数えるのも楽しかった。ただ当時の渋谷には女子高生の欲しいものはいくらお金があっても余ることは稀《まれ》なほどに溢れていた。

たあ坊のワープロとプラダの財布は多分死ぬまで覚えているのだけど、高校時代以降に買ったものはまるで思い出せない。実家に帰ったときに、品物を見てそういえば、と思い出すことはあっても、多くのものはなくすか人にあげるかリサイクルショップに売ってしまった。買うことと稼ぐことというのは、ニワトリと卵のようなもので、買いたいものがあって稼ぐのか、稼いだから買うのかという問いを突き詰めるのは難しい。ただ少なくとも私の10代20代は、稼ぐことに夢中になるところから始まった。過剰に消費しているように見えたのも、稼いだ証を集めていただけだった。

働いたり稼いだりすることを、渋谷の外れのブルセラでマジックミラー越しに私たちをジロジロ見ていた男たちや当時の渋谷の各所にウロウロしていた女子高生好きのおじさんたち相手に始めたことで私は、人生や社会をナメくさるとか、労働の尊さを学びそびれるとかいう以前に、自分の値段について多くを学び、多くを誤解した。

私にとって、私が稼ぐお金はそれがそのまま自分の価値で自分の値段だった。制服を着ていなければその値段はつかなかったし、金髪や黒髪より濃い栗色の髪にすると高くなった。色白だがぽっちゃりしていて団子っぱなの私は、色白で脚が細くあどけない美人よりは安く、貧乳のブスよりは高かった。私のはいたパンツはラブボートのワンピースよりは高く、グッチの財布よりは安かった。その価値観はキャバクラやAVの世界に入っても大して変わらず、私はどうすれば高く売れてより稼げるのかということを考えて大学時代を過ごし、それは中絶手術の後の腹痛を抱えてベッドで横たわって過ごした2週間まで続いた。

いろんな稼ぎ方をして、いろんな使い方をしたが、プロダクションで封筒に入れて渡されるAVのギャランティやキャバクラのお給料はもちろん、時々お客にこっそり渡されるチップや提案されるセックスの値段は常に私の価値を示してくれて、私にはその価値があるからこそ、雑誌や店頭で気になったものは全て買える。それも清々《すがすが》しかった。欲しいものがあるから稼ぐのをやめられないような気もしたし、稼ぐのがやめられないから欲しいものを探しているような気もした。そしてとても都合の良いことに、何かに飽きてもすぐ別の何かが登場するくらいに、日本も東京も豊かだった。そして不思議なことに私の欲しいものは、私が身体で稼げる値段の範囲にあった。ブランドのバッグも毛皮も和服もホストも美容医療も化粧品も大体500万円くらいまではつぎ込めるが、それくらい使うと飽きてしまって、興味は次の何かに移っていた。慶應に進んだのも東大の大学院に進んだのも、そうしたほうがより自分の値段が高くなるだろうというだけの理由で、そしてそうできることもまた自分にはそれなりの価値があるから、というだけだった。

腹痛を抱えた私は生きているだけで家賃や光熱費など少なくとも月に20万円くらいは消費してしまうし、それを稼ぐこともできずにベッドで横たわることしかできなかったが、果たして撮影現場でバスローブから片乳を放り出したまま綺麗に化粧をしてもらっていた19歳の私は、今の私に比べてそんなにも価値が高かったのかと問うと微妙なところだった。私の部屋には汚いシャネルやディオールが散らかっていたが、ルーマンやハーバーマスも散らかっていて、買った時の値段と今の価値も比べてみれば微妙だった。シャネルを買える私の価値はキャバクラの時給で決まり、それはそれで尊いに違いないのだが、ハーバーマスが読める私の価値はどうやって示したり感じたりする類いのものなのか。すぐに答えが出るわけではなかったが、キャバクラの時給で測れない価値についても知りたくなって、私はAV事務所ではなく大学院のほうに復帰した。

だからこそ、お金になるかはよくわからない修士論文を死ぬ気で書き上げたし、1ヵ月死ぬほど働いて手取りの月給が50万円に満たない程度の新聞社の社員にもなった。別に色白黒髪の美人も私と同じ給料である代わりに、貧乳のブスどころか、貧乳で頭も手際も悪いブスとも同じ給料だった。腹痛の2週間を過ごし、月給50万円の5年間を過ごした今でも、お金との付き合い方なんて知らないしお金の価値が果たして何を示しているかのアイデアもない。修士論文は結局3年後に書籍化され、初版の印税は私のデビュー作のAVのギャラと同額だった。2年目の新聞社のボーナスも、大体同じ金額だった。

第1章

底なし高収入

ame
age
birthplace
figure
academic background
job
income
future

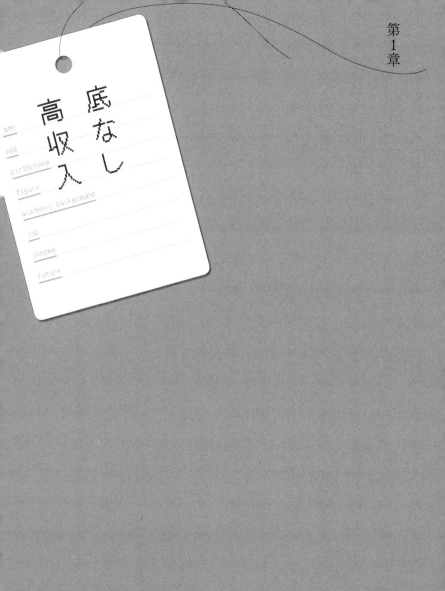

稼がずにいられないのも芸のうち

働きすぎはかっこいい反面、少し滑稽

過労死裁判などが報道されるとその恐ろしい勤務実態に色々なところで「ひどい」とコメントが漏れるのを聞くが、「働きすぎ」の実態を具体的に目撃すると、ワイドショーやニュースで見聞きするそれとはまたちょっと違う感想を持つこともある。

というか今時、「寝る暇もなく働け」だとか、「先輩が帰るまで絶対帰るな」なんていうある意味では勇気ある発言を聞く機会よりも、「そろそろ帰ったら?」「明日出てこなくていいから休めよ」「頼むからあとは明日にしよう」と牽制《けんせい》する良識的な発言を聞くことのほうが多い。夢中になって入れ込んで働きすぎる部下に適度な休みや適度なペースを教えることが上司先輩の仕事になりつつあり、拙《つたな》いながらもそれを実践している人は飛躍的に増えた。

だから日本人は、なんて嫌味を言われても、仕事なんて入れ込んでやればやるほど、責任感が強ければ強いほど、やりすぎてしまうものなんだと思う。例えば新聞記者時代に責任感が強く、良い仕事をする人たちを見ていると、ついついやりすぎてしまう、という光景をよく目《ま》の当たりにした。そして仕事が好きと裏表の関係にある「寝ている間に事件が起きるかも」「サ

ボっていたら担当している会社や省庁が大発表するかも」「今日切り上げてご飯食べに行ったら他社の記者に抜かれるかも」「うっかり目を通しそびれたメディアにものすごく重要なニュースが載っているかも」という焦りや不安も度々感じた。

Wさんという女性の上司は、私たち若い女性記者の間では優しくて博識、理路整然としている憧れの存在であった。ただ、独身40代でひたすら働く彼女の生活を見ていると、とても真似できるものではない、という意見もみんながなんとなく共有しているものであった。新人よりも早く会社について、日本の地方紙や専門紙はもちろん、海外メディアやインターネットの記事をくまなくチェックし、マーケットが開いている時間は3画面に睨みをきかせて、記事校了後の深夜には専門書や過去の新聞などに目を通す。かっこいいけど真似はしたくない。

またSさんという先輩もまた、取材先への朝回りに始まって、常に求められることの3倍先をいく行動をしていていかにもできるキャリアウーマンというその働き方が尊敬を集めていた。私や仲のいい同期も「すごい」「偉い」を連発しながら、仕事一色の彼女たちの働き方を内心半ば冷笑的に揶揄《やゆ》することすらあった。後輩が呆れるほどに自主的に働くSさんは「私はビビりだから、毎日チェックしたり実際に現場に行ったりしないと、何か見逃す気がする」と言っていた。

京大卒のキャリアウーマンですら、働きすぎる姿はかっこいい反面、外から見ると少し滑稽に見える。本人たちは誰に強制されるわけでもなく、はたから見ればさほど差し迫った必然性もなく、これが終わったら次はこれ、それも終わったらあれもしなきゃと到底こなしきれなそうなスケジュールを消化していく。一休みしたり早めに帰ったりすることで、失われる機会に怯《おび》えるようにして。そしてそれは別に、いわゆるキャリア志向の強いエリート族に限られたものではない。

出勤がフレキシブルであることが大きな特徴の一つである風俗店でも、自らの意思ではたから見たら滑稽に思えるほど働きすぎる女性たちがいる。自由にシフトを組めるはずなのに、或いは、自由にシフトを組めるからこそ、彼女たちの過剰な労働は底なしである。

彼女が鬼出勤する理由

クミさんという女性に私は、とあるスカウトマンの紹介で出会った。吉原《よしわら》の高級ソープと川崎・堀之内《ほりのうち》の中級大衆ソープの両方に在籍しているという彼女の家は西新宿のそこそこ綺麗な新築マンションの1LDKの部屋だったが、家賃は14万円とそれほど極端な価格ではなかった。「自分の部屋にはどうせいない。服と化粧品の置き場所」という彼女の言葉通り、彼女がこなしているスケジュールは家にいる時間を捻出《ねんしゅつ》するのが難しそうなものである。現に、5ヵ月前に引っ越してから未だに彼女のベッドルームの半分は段ボールがそのままに積まれた状態であった。

そもそもなぜ吉原と川崎の2つのソープに在籍しているのか。彼女はその理由を以下のように解説する。

「在籍している吉原の高級店ではレギュラーで出勤しても2勤1休（2日間連続で出勤し、1日休むサイクルを繰り返すこと）の子がほとんど。それ以上出勤すると、レア感がなくなってお客様の心象も悪い。1本自分の手取りが5万円の高級店だと、リピート本指名のお客様の予約が命。予約で埋まる限度が週に3回程度だから、吉原の店は週に3回、残りを川崎の店で同じようになるべくリピートや事前予約で埋まるように出勤してる」

吉原の店で彼女の出勤時間は最も長い日で正午～深夜0時。120分コースの予約が埋まれば最高なのだが、大抵は3～4本でかなり良いほう。それでも稼ぎは雑費やコンドーム、ローション代を引き、制服のクリーニングやタクシー代を考えても15万円前後。それを週に3回。川崎の店はさらに少し遠いため、大抵14時や16時に出勤して、1本の手取り2万5000円のコースをこちらも3～4本程度こなす。それも週に2～3回。

週に6日勤務なだけでもかなりオーバーワークのように感じるが、彼女の仕事はそれだけではない。まず、彼女はソープだけではなくデリヘルにも在籍中である。

ソープとデリヘル掛け持ちで効率追求

「ソープは単価が高いし、移動がないから効率的ではあるけど、時間が限られるし、やっぱり日によっては本当にお店にお客さんが来ないこともある。天気にも左右されるから。デリヘルは24時間営業のところに在籍してて、出勤確認は最悪1時間前でも平気。で、もし自宅待機なら、お客さんが入った時だけ外に出ればいいわけだから、化粧さえしておけば最悪それまで寝てても大丈夫。入ったらラッキーくらいで明け方だけ出勤にしておくとか。それでも女の子が少ない日は7万~8万円になることもある」

都内大手デリヘルの渋谷店に在籍する彼女は、自宅待機OKのエリアに住むために5ヵ月前に世田谷《せたがや》区から西新宿に引っ越していたのであった。ソープでの稼ぎが思わしくなかった日は帰りのタクシーの中でデリヘルの出勤を入れて、深夜2時から朝10時などの出勤女性が少ない時間に自宅待機で出勤し、お客さんが入れば迎えの車に乗り込み仕事に行く。特に電話が鳴らなければ化粧をしたまま就寝。60分1本1万8000円の稼ぎはソープに比べれば安いものだが、「ゼロよりはマシ」という考えだ。

黒髪セミロング、白肌、高身長の彼女は、高級ソープでも人気嬢で、もう少し派手な印象の見た目が多く見られるデリヘルでもリピート客を多く持っている。マニキュアすら塗っていないネイルや濃すぎない上品な化粧は、育ちの良いお嬢さんのようにも見える。彼女にはそこにこだわりがあるわけではなく、ソープの社長に言われるがままにそのスタイルを貫き、それで成功を収めている。

彼女は手帳に、その日に稼いだ金額を「12・3」「20」などと記入していた。

「家族の用事で地元に1日帰るとするとその日はゼロになるから焦る。できれば深夜までにはこっちに戻ってきてデリだけでも出勤するようにしている」

当然、月の稼ぎは300万円を超えることもある。かといって彼女はものすごい額の貯金をしているわけでも、何か大きな事情で借金を返しているわけでもなかった。ホストクラブに熱心に通っている時期もあれば、エステや美容外科で散財している時期もある。ソープ出勤を始めてから2年半、時期によってお金の使い道はまちまちなのである。

ぼーっとしていたら稼ぎそびれる

風俗嬢の大敵を体調不良と生理、という彼女は、ソープが生理休暇となる月に5日間は「タンポンの紐《ひも》を切って使って」デリヘルに出勤する。また、都内3軒の交際クラブにも登録しており、デートのオファーがあれば1回5万〜7万円で受ける。

生理の時、ソープで何人も相手にするのは難しいが、交際クラブでセッティングされた食事とホテルのデートなら、実際にベッドに入るのは1時間程度のため、海綿で血を止めたりしていれば問題ないのだという。

「一回、求人誌で生理マニア専門のイメクラ見つけて、友達と相談して連絡とってみたけど、実際に説明聞いたら客単価もそれほど高くないし、滅多に電話鳴らない店だったから入店しなかった。混んでる同業種があれば登録してもいいけど」

スカウトマンとも常に連絡を取り合っている彼女は、交際クラブなど新しい取扱店が増えると必ず詳細情報や面接のアポを希望している。ぼーっとしていたら稼ぎそびれてしまう、と言わんばかりの使命感で、彼女は26歳の自分の1ヵ月間を一番効率的に一番高く切り売りできるように予定を組み立てる。

キャバクラで、「うっかり当欠(当日欠勤)した日に限って指名客が3組も来た」「旅行に行っている間に滅多に来ない太客から店に来るという連絡がきた」という話はよく聞く。クミさんが最も嫌うのがそういう事態である。機会の喪失こそ愚の骨頂。彼女のプロ意識や仕事倫理は極めて厳格で、遅刻や当日欠勤はほとんどない。また、高額の裏引き(店を通さずに客から現金をもらうこと)や月契約の愛人業など不確定要素の多い不安定な収入にはさほど興味がない。

「ちょっと疲れててこのまま寝ちゃおうかなと思っても、デリに出勤の電話さえすれば、ロングの客がたまたま来るかもしれないし、チップくれる客が来るかもしれない」

そう話す彼女の1ヵ月は「お金になる時間」で埋め尽くされている。寝たらそこから7時間は自分の時間がゼロ円になるが、デリヘルに出勤すれば8万円になるかもしれない。そう思うと疲れて寝るという選択肢の魅力はほとんどなくなるのだという。1時間も惜しまず、時間を売り切る彼女の生活はワーカホリックなんていう言葉を超えて、文字どおり「鬼」のようである。時間や若さを一切無駄にしたくない彼女は、喋り方すら一切の無駄がない。

ある意味最強の収入

キャバクラでナンバーワンを取るのは大変だ。休まず出勤して、暇があれば営業をかけ、自分ブランディングと客マーケティングを怠《おこた》らず、体メンテと整形も怠らず、テーブルマナーを磨き話術を磨き、時事問題や流行にも触れ、それでも才能のない者にはなかなか摑めない。実感乏しいアベノミクス景気なんかでしみったれた日本のおじさま方の財布が緩むわけもないこんな世の中じゃ、水商売になんて手を出したところで、月に100万円以上稼ぐ、つまり200万円以上売り上げるというのはなかなかハードルが高い。

かといって、そんな営業力も愛想も化粧技術もない、それほど頑張って出勤する自信もないけどお金を稼ぎたいという人が、安易に風俗を選んだところで、風俗店で安定して高額を稼ぐというのもまた特殊な才能と努力がいる。ここ数年、風俗が「誰でも稼げる」時代は終わった、という言い回しをよく拝見するが、そもそもそんな時代があったかどうかさておき、当然長く安定して稼ぐために必要なリピートをさせる力がある女の子というのは限られている。

デリヘルにしろソープにしろ、日払い系の夜職というのは半年間急いで稼ぐという意味での門戸は広いが、逆に言えば半年間急いで稼ぐ以上のことは向こうからは用意してくれない。風俗店のランカーは美しい者ばかりだし、単価が上がれば上がるほど、言葉遣いも挙措《きょそ》も一流になる。当たり前である。AVに出演したり整形したり髪を染めたり服装を研究したりしながら客を待ち、接客やサービスでもまた心を摑もうと努力した結果なのだから。

多くのリポートが指摘するように、風俗店で条件よく稼ぐには容姿やコミュニケーション能力など、社会で受け入れられる力がたしかに必要だが、それでは夜職の醍醐味の半分くらいしか説明したことにならない。別に、キャバクラでナンバー入りしたり風俗店で人気嬢になったりすることだけが、夜に稼ぐ道ではない。むしろ、私は客から店を通さずに受け取る現金、つまりチップ・裏引き・直引《じかび》きこそがある意味最強の収入だと思っている。

1本の手取りが5万円のソープでも、1日に稼げる額というのは時間的な限界があるうえに、1つの店で半年以上ずっと予約で埋めるというのはなかなか凡人に成し遂げられることではない。が、客個々人を籠絡《ろうらく》し、個人的にお小遣いをもらうのであれば、その額は時間や体力に制限されることもない。しかも、(当然、時に贈与税の控除額を超える額であるにもかかわらず)証拠を残さず税務申告から逃れやすいという意味でも最強である。

表向きに見えるお金で惑わされて一喜一憂してもしょうがないのだ。夜の世界はもうちょっとは複雑にできている。例えば、AV女優のギャラは確かにここ10年で下落傾向にある。安いギャラでAV出演する女性が増えて世間に疑問と驚愕の目で眼差《まなざ》されているが、彼女たちの中には風俗店で有利な条件で働くため、自分の風俗単価を高めるためにAVを利用している女の子も少なからずいるわけで、何もAVにお金を求めていなかったりする。

それと構造は似ているが、風俗店での稼ぎが世間的に見て満足のいくような額でなくとも、それをもって風俗嬢の貧困を語るのはあまりに短絡的すぎる。風俗店に月に3回しか出勤せず、1回の出勤で得ている給料が5万円以下であっても、月に200万円以上の収入のある女の子というのは結構いる。彼女たちにとって風俗店は良い人と出会う狩場のようなものであってそこで稼ぐ給料ははなからあてにしていない場合だってあるのだ。

また、デリヘルでチップをもらって本番行為を繰り返すいわゆる本番嬢もまた、額面の収入というのはあまりあてにならない。交際クラブの設定金額もまたそうで、5万円なんていう安いものであったとしても、高収入男性と効率よく知り合い、いざという時に高額を引き出すことを考える女の子にとっては屁でもない。

私が、今まで聞いたことがある中で最も華麗な裏っぴきの女王は、担当ホストの誕生日に合わせて、3人の男性からひと月に計900万円を引き出した女の子で、ほぼ同じメールをソープの上客3人に送り、それぞれから300万円ずつ手渡しでもらうことに成功したというが、それはまあ余程の条件と余程の運があって成功した稀な例ではある。ちなみに背も低めでバストサイズも並の彼女が勤めるのは吉原の準高級店で通常の店での1本の手取りは110分3万円ちょっとである。メールは、家庭の事情と彼女の夢のようなものを組み合わせた内容で、ホストの入れ知恵なども組み込んで作成したらしいが、誰が聞いても詳しい文面は教えてくれない。

同じように、1人の男性から半年間で1400万円の現金を受け取った女の子もいたが、彼女もその男性とは60分バック1万5000円のデリヘルで出会った。その時は120分コースにチップ1万円を渡されて電話番号を交換したのみだったが、その後ごくたまに深夜に男性の泊まるANAコンチなどのホテルに呼び出され、1回10万円のお小遣いで逢瀬《おうせ》を重ね、少しずつ親しくなるにつれ、50万円、100万円と援助してもらうようになり、結果的に一度に400万円もらったところで、連絡を取らなくなったらしい。

幽霊部員でも月収100万円超

彼女たちの場合は金額も桁外れであり、また特にお金が必要な時に照準を合わせて綿密な計画を練った事例であるが、もう少し現実的な金額で日常的に裏引き・直引きで生活している女の子というのは意外なほど多い。ミエコちゃんという30歳の女の子も、そのうちの1人である。別にブスでもデブでもないが、とりたてて秀《ひい》でたところのない普通の容姿のミエコちゃんは、もともとは歌舞伎町のごく大衆的なキャバクラで働く嬢だった。現在在籍しているのは、歌舞伎町のキャバクラ、都内のデリヘル、交際クラブ数軒、渋谷のDC（本デリなどとも呼ばれる無店舗型の風俗店）である。キャバクラにのみ週に3回ほど出勤しているが、それもかなり休みがちで、デリヘルはごくたまに気が向いた時や時間が空いた時に短時間出勤する程度である。「交際は、一時期ポンポンポンポンって3ヵ所くらい登録して、最初は週に2回とか3回セッティングで会ってたけど、最近連絡こないから、たまたま楽そうな案件とかおいしい話がくれば返信する程度。3ヵ月くらい連絡きてないところもある」

キャバでもデリでも幽霊部員と化している彼女のスケジュールはしかし、女友達と遊ぶ予定がなかなかたたないほど埋め尽くされている。まず、キャバクラで出会った、月に2回ホテル付きのデートをする代わりに月に30万円くれて、店にも数回は来るという客とのデート。交際クラブで出会った地方在住の経営者に会いに飛行機で行く1泊旅行が月に1回、交通費込みで20万円。デリヘルで出会ったドM客とラブホテルでひたすらSMの真似事をして10万円もらう日、交際クラブで出会い、定期的に食事とホテルデートをしている男が5〜6人。デリヘルで出会ってその後は直接会っている客が2人。そこに、新規の男や1回きりの男も入り込む。

「交際は、1ヵ所は7万円、もう1ヵ所は6万円、あとは5万円で登録してる。別に5万円でも何回も会ってれば、オカネ貸してって言ったら貸してくれたり、もの買ってもらうとか。誕生日月にオカネくれたりとか。やっぱり3万円とか5万円で登録してる子が多いから、VIP向けのクラスに入らない限り高額だと会える確率が下がるし、別に5万円でもいいかなって思う。そのままずっと5万円で会ってる人もいるよ。その代わりこっちがドタキャンしたり遅刻したり、そういうのもし放題でしょ? 個人同士のそういう楽な付き合いに慣れると、店はしんどい」

才能が別

多い時は、ランチタイムに1人、夕方に1人、深夜に1人と男性に会い、もらう金額によっては1日30万円ほどの収入になり、高級ソープ嬢が1日フルに接客した場合をも凌駕《りょうが》する。

「もちろん、向こうにドタキャンされたこともあるし、月に200万円で付き合おうって言ってきたデリヘルの客に騙《だま》されて1回うっかり無料でホテルに付き合っちゃって後で200万円振り込むって言われてそれっきり連絡取れないとか、取りっぱぐれも2回くらい経験した。その時は本当に悔しいしマジで死にたくなるけど、でもデリに出勤したところで別に安定して稼げるわけじゃない。5時間待機で電話鳴らなかった日なんてタクシー代でマイナスだし、時間も無駄になる。その点、信頼できる人と付き合ってると、今日会えるってなったら最低いくら入ってくるかわかるわけだから気が楽。地方の人と、キャバで出会った人は喫煙者だからこっちもホテルでタバコ吸えるし、いい人だし、本当に会えてよかった」

根っからの接客好きや店の安心安全を愛するソープ嬢など風俗店勤務を好む女の子もいるが、風俗で働こうと決意したところで、高額のバックが出る店で働けるスペックのある女の子は限られているし、努力なしで安定して客がつくわけでもない。新人期間が過ぎたら、その日に収入があるかすらわからず不安を抱えて出勤する女の子もいる。

個人でお小遣い目当てにデートやセックスをすることにはもちろん、後ろ盾となる店がないという最大のリスクが伴うが、その代わりに、別に高級店で働けるスペックがなく、風俗店で人気嬢となる自信がない子であっても、風俗店よりも高額なお金を自分で設定して稼げる夢もある。

よく、キャバクラのマネジャーなどに話を聞くと、「真面目に同伴して出勤して売り上げあげている子と、気まぐれアフターばかりして高額のタクシー代を稼いでいる子や、高額の時計やバッグなど異様に貢ぎ物をされる女の子は別。違う才能」という話を聞く。ナンバーワンを張れるほど真面目でも高スペックでもない女の子の才能の発揮場所があるというのは、夜の世界の緩みでもあるが豊かさでもある、と私は思っている。

中国人富裕層が日本人女子を爆買い

最近のハイスペックなエロ稼業の嬢たちは本当に賢いと思う。戦略的にメディアを活用し、自分の価格を釣り上げ、よりリスクの少ない、体力的にもきつくない、税務署にバレない稼ぎを増やす。アダルトビデオそれ自体のギャランティは下落した、と言われがちだが、彼女たちにかかれば数本のAV出演もまた、自分の価値を高め、一発の値段を高める戦略の過程にすぎない。

で、彼女たち、ここ最近めっきりケチで貧乏くさい日本人男子に見切りをつけ出している。歌舞伎町界隈《かいわい》では今も「月200万円で愛人契約」などパパ活の謳《うた》い文句がまことしやかに囁《ささや》かれるが、もはやしみったれた東京でその価格設定はなかなかヴァーチャルだ。現に、それなりのスペック女子のパパとの生活など、月に2回の逢瀬、1回せいぜい10万円の侘《わび》しいものである。

バブリーな金額を貪欲に求める女子たちは、しみったれた東京を抜け出し、よりカネの匂いのするところへ1人、また1人と旅立つ。それはたまたま女子不足による需要過多となっている地方の歓楽街の場合もあるが、今それより熱い視線が注がれているのはやはり、チャイナマネーである。

歌舞伎町からちょっと歩いて伊勢丹やヨドバシカメラに足を運べば、未だに何かに取り憑かれたように高額商品を買い漁る爆買いバブリーたちが来日中なわけだが、ハイスペック嬢たちは効率的に彼らの懐に飛び込み、「爆買いならぬ爆買われ」を目論《もくろ》む。私の友人であるナナミもまたそのうちの1人である。

現在は、青山のレストランのレセプションとしても働く彼女は、最初は日本にやってくる外国人富裕層を相手に、その後はマカオでカジノを楽しむバブリーさん相手に、実に3000万円以上「爆買われ」したスタイル抜群の美人である。現在は、中国人のパパがマカオにステイする間だけ彼女も呼ばれ、1回3泊ほどのステイで70万円ほどもらって帰ってくる。その間はレセプションの仕事は休み、それ以外の時はゆるゆるとレストランの素敵女子を全《まっと》うするなかなか優雅な生活である。

茶髪を黒髪に染め外国人受け狙う

もともと六本木のキャバクラで働いていた彼女と私は、2年と少し前に六本木交差点のすぐ近くにあるなんていうことのないバーで初めて会った。お互い、中国系日本人のとある金持ちに、タクシー代多めに出すからちょっと女の子連れて飲みにきてよと言われてその場に居合わせた。私が1人友達を連れて到着すると、すでに1人で来ていた彼女は、あまり愛想が良いわけでもなく、しかし人見知りしている雰囲気でもなく、2時間もすると私と意気投合してその後も連絡を取り合う仲になった。

当時まだ21歳だった彼女はすでにキャバクラの出勤をかなり減らし、当時新しくオープンした外国人富裕層向けのデートクラブに所属していた。大手のデリヘルグループが運営するその店は、顧客を外国人に限った高級デリヘルのようなもので、指定のホテルに車で送迎され、90分手取り3万5000円、120分4万5000円といった具合でサービスをする。ここからが高級デリヘルと違うのだが、女の子と男性は連絡先の交換が自由で、気に入られれば翌日以降、お客男性の帰国まで、個人的なお小遣いをもらって何度も会ったり、金額交渉が折り合えばお泊まりをしたりもできる。

都内出身で高卒だが、英語堪能《たんのう》だったナナミは人気嬢で、まだそれほど認知度もなかった店にもかかわらず予約は絶えず入り、またその後も半日10万円、お泊まり20万円などなかなか景気のいい金額で個人的なお付き合いにも誘われた。私が初めて会った時から、黒髪ロングのキリッとした美人だったイメージだが、それまでは茶髪巻き髪のキャバ嬢らしいキャバ嬢だったらしい。外国人、特に白人男性に圧倒的に好まれる黒髪に染め直したのだという。

「6割が中国人、2割がそれ以外のアジア系、2割が白人っていう感じ。日本人のデリヘル好きじじいみたいにあわよくば生で本番しようとかいう人いないいし、通常通りのサービスでも2万円くらいチップくれる人が多い。それはアジア人も白人も。で、ちょこちょこ日本に来るからって帰国しても連絡するって言う人が多いんだけど、実際に次の来日でも会ったのって2人くらい。それ以外はなんか、帰国すると冷めちゃうみたい。所詮《しょせん》、出張先での火遊びだから」

店に管理された状態が嫌い、と言うナナミは、キャバクラにしろ外国人デリヘルにしろ、効率よくお金をくれるパパ探しの場としてしか魅力を感じていなかった。しかし、仕事で短期来日する外国人相手の商売は、長期であてにできるお付き合いになかなか発展しない。彼女は、とにかく効率よく、高額を、個人的に欲しいと思っていた。

中国人の「日本AV崇拝」を利用

ナナミは、虎視眈々《こしたんたん》とそのチャンスを待った。まず、スカウトの熱烈な勧めでAVプロダクションに所属、AV女優としてデビューした。別にAVアイドルにも撮影の仕事自体にも興味はなかったが、マカオの出稼ぎに行きたかった。スカウトの話によれば、AV女優なら最初から20万円でお客が取れるということだった。

「中国人のAV崇拝は、スカウトの言う通り。AV女優っていうだけで金額は倍以上になる。日本のデリもソープもAV女優と自称AV女優でそこそこ高額とってる人いるけど、その比じゃない。実際は1本しか出てないけど、それがマカオで印籠《いんろう》みたいになってた」

そう笑う彼女は、AVが発売されてすぐ、手始めに高級クラブのコンパニオンとしてマカオに2週間の出稼ぎに行った。都内に住んでいるらしい親とも疎遠、決まった彼氏もいない彼女は身軽である。クラブといっても、もちろん連れ出しありの形態だが、その豪華さや連れ出しの金額の良さは、彼女のお眼鏡にかなった。最初の出稼ぎで持ち帰った額は200万円強。出稼ぎ嬢のために用意されたホテルの部屋も綺麗なものだったし、連れ出されて泊まるホテルはさらに輪をかけて豪華だった。

「遊びで来てるからか、中国本土から近いからかは知らないけど、マカオで掴んだお客は、その後も定期的にマカオに呼んでくれたり、香港にいるときに同行したり、中国本土に部屋用意してくれて長期で呼んでくれたりするんだよ」

出稼ぎには計3回行ったが、それで十分だった。あとはこまめにクラブで出会った中国人・香港人旅行者らと連絡をとり、長期でどこかしらの国に呼んでもらって、旅行半分お仕事半分の気分で渡航する。ラグジュアリーなホテルでの海外ステイは苦痛ではない。彼氏がいた頃だったら、2週間以上の旅行は寂しかっただろうが、東京にいたところで会いたい人も特にいないらしい。仲のいい女友達は2人ほどいるが、月に一度会えればいい。彼女は1年と数ヵ月ほど、そういったワールドワイドなコールガール（まあ平たく言えば距離が異様に遠い個人デリヘル）として過ごした。

「中国人に限ってたわけじゃないけど、高額くれるのが中国人だった。マカオで、香港在住の日本人のお金持ち社長とも会ったけど、最初は20万とかくれたのに、その後、月に30万円で香港に住んでとか言われて無理ってなった。白人はあんまり会ってないけど、いることはいた。チップくれるけど、それきりバイバイ」

ＡＶ女優を神のように崇《あが》め、また爆買い気質のある中国人のおじさま方がナナミのお気に入りだったそうだ。生活に不満はなかったが、それなりにお金もたまり、ラグジュアリーな朝食にもやや食傷気味となった彼女は、突如として、それほど思い入れのないバブリーさんたちとあまり連絡を取らなくなり、青山のレストランで「昼職」を始めた。

「もちろんオカネは欲しいから、今もよっぽどおいしい話があれば行くし、お気に入りの相手はまだ引っ張ってる。でも、なんとなく飽きちゃった」

金額も行動範囲もなかなかワールドクラスな彼女に、ワールドワイドな道を突き進んでほしい気持ちはあったが、そしてまだお気に入りのおじさんを通じてその道が閉ざされているわけではないが、彼女は一旦《いったん》、東京で働く素敵女子に鞍替《くらが》えした。大借金を抱えていたわけでも、ホストにはまっていたわけでもなく、それなりに買い物好き、それなりに酒好きであってもブランド服や靴は香港でスポンサー付きショッピングによりかなりの量手に入れていた彼女の元には結構な額の貯金が残った。家でも買おうかな、と言っている。

「中の下」以下でも稼げる

格安デリヘル店勤務の女性なんかを扱ったいわゆる「貧困女子~風俗版~」のルポの枕詞《まくらことば》がやや気になる。大抵「風俗なら誰でも稼げるというのはもはや過去の常識」とか「今や風俗ですら稼げない時代」という小見出しがあるのだけれど、別にそんな状況は今始まったわけでもなく、古くは遊郭の時代から鉄砲女郎なんていう言葉があって、下級遊女の劣悪な環境を描いた作品はいくつか思い当たる。

月に300万円稼ぐことは不可能に近いが月に40万は確実に稼げて社会的な信用が高く、有給や賞与に加えて病気や怪我で休んだとしてもある程度生活が保証されるのが昼職固定給の大きな魅力だとすれば、300万円以上稼げる可能性もあるのが自由業、特に夜職の大きな魅力であり、それは別に今も昔もそれほど大きく変わらない。

300万円稼いでいる人はいる。ただし、当たり前だが月収がゼロ円とならない保証はどこにもないというのが、そもそも夜職が内包するリスクだ。「月収15万円の風俗嬢」というような貧困クローズアップにあまり意外性がないのは、それが夜職の職としての性質が元から想定している存在だからである。景気がいい時もあれば悪い時もあり、景気のいい人もいれば悪い人もいる。まず自由出勤を謳う風俗店も多い中で、ちゃんと出勤して客を取らなければ収入が少ないのは当たり前で、病気や怪我で1ヵ月自宅療養すれば月収ゼロ円になる。これは何の保証もなく働く者の宿命である。

ただ、厳しい現実を焦点化した特集などが流行している一方で、「いやーこれだから風俗はやめらんねぇ」というおいしい話もまた結構転がっている。若い女性が風俗で高額を稼げる可能性は今もそれなりに高い。そしてそれは何も、美人でスタイルがよく接客もピカイチなんていう高スペック嬢に限るわけではない。

顔・乳・接客技術（愛想がいいとか精神的に安定しているとかいう内面スペック）・スタイル（デブじゃないとかモデル体型であるとか）のうち、2つが平均点以上であればかなり高額な稼ぎが期待できると言われる業界ではあるが、どれも平均点に満たなかったり、さらにどれか1つが平均を大きく下回ったりする場合でも、うまく稼いでいる女性は結構いる。

そういった「中の下」以下のスペックの女の子は、1本のバックが5万円以上の高級店に在籍することはあまりないわけだが、時に高級店よりも「高額稼げている子」というのは一定数いて、大体が2類型に分かれる。

片方は、とにかく労働量が多い働き虫タイプで、客単価が比較的低い分客の入りが良い店に月に25日出勤などして本数で稼いでいる子である。私の知人の中では、すすきのの60分の手取りが1万円のソープで200万～240万円稼いでいた子がその手の覇者である。もちろん、数で単価を凌駕するわけであるからあそこが強い（痛くならない体質）とか、陸上で鍛えた体力が底なしであるとかいう能力が大きく影響する。

もう片方のタイプが、「太客」「良客」に恵まれた一本釣りタイプである。働き虫タイプの子の稼ぎが、店自体が暇であったり季節がよくなかったりという環境に左右されがちなのに対し、一本釣りタイプはそういった環境にあまり左右されない。もちろん、強靭な肉体を持っている必要もない。運も大きいし、客を育てる能力も大きいだろうが、何というか本人すら意識しないのにそういった良い客にめぐりあって最大限のお金を引き出す性質というのが揃った子もいる。

知り合いの25歳の女の子で、西川口《にしかわぐち》のソープに出稼ぎ中にほぼ毎日店に通ってくれる（しかもプレイなしで話すだけという日が半分以上）うえに休日はエッチなし10万円でデートする客を摑んだ子がいるが、彼女もまたものすごく可愛いわけでもものすごく客あしらいがうまそうなわけでもなく、本人も「たまたま〜」なんて言う。また、私が半年ほど在籍したことがあるキャバクラF店でも、特に人気があるわけではない女の子の客で、週に1回きっかり50万円だけ使っていく人がおり、その人からの売り上げだけで彼女は高額時給に耐えうる売り上げがあった。

「神客」を切らさないオンナ

そういった「神客」を切らすことなく快適な風俗ライフを送っていたヒカルちゃんという子がいた。すごく太っているわけではないが、ややぽっちゃりして背が低いためなんとなく丸く、顔は肌が綺麗という以外にあまり褒めるところもない。別にモテたこともないらしく、中学ではいじめられていたらしい。

家は岐阜《ぎふ》県の田舎町だったが、女子大進学を理由に名古屋で一人暮らしを始めた後、親と折り合いが悪くなって生活維持のためになんとなくデリヘルで働き始めた。スカウトを使わずに求人サイトからそれほど単価が高くなく自分でも受かりそう、と思った店を選んで面接に行き、当日から客を取ったのだが、その日1番目についた客がいたく彼女を気に入って、すぐに次回出勤日の予約を入れてくれた。その後も週に2日の彼女の出勤日には必ずその客の予約が入る。本番禁止の60分バック1万1000円の店だったが、その客は毎回120分、しかもチップに1万円をくれたため、出勤するたびに3万円以上の安定収入が約束されていることとなり、店の電話が鳴らない日も気楽だった。

名古屋のデリヘルのレベルが高いという話はよく聞く。彼女の在籍した店は高級店ではなかったが、「でも、その時期たまたまか店がよくなかったのか、スタイルめっちゃよくて可愛い子でもお茶（客が1人もつかないこと）とか1本とかっていう日もあったから。最初だったからあんまりよくわかんないし、ラッキーっていうよりこんなもんかなっていうくらい」。

高級デリヘルで1日10万円以上稼ぐ女の子には遠く及ばないが、稼げる時なら6万円程度の収入になった。店にそれほど不満はなかったが、半年ほどでその店を辞め、スカウトの勧めで別の店に移ってからも、その客は彼女を指名し続け、他に1～2人の本指名客が摑めたため、安定して必ず5万円以上は稼げていたらしい。「待機の雰囲気とかは1軒目のほうが良くて、でも2軒目は大手で新規が多くて、新人は新規つけてもらえるから、最初のほうは7万以上の日もあって移ってよかったかな、くらい。太客様が切れなかったし」

その太客とは休みの日に個人的に会うことはなく、店のルール内で遊ぶ関係だったが、メールや電話番号の交換はしていた。切れたのは一時期出勤数が極端に減り、メールの返信などもしなくなったせいである。「なんか大学行かなきゃってなったのと、ちょっと病んで月に2回とかの出勤になって、その後も2週間店にも太客にも連絡しなくて、その間に連絡こなくなった。今だったら、もっと引っ張れたなっていうか連絡だけはするとか、復帰した時にごめんねって連絡するとかするけど、その時はまぁいいかーっていう感じで」

切れた太客にしがみつかなかったのは、彼女が入店1日目から超良客を摑んで挫折のないデビューを飾っていたからだと思うが、驚くのはその客が切れても彼女は挫折することなく、新しい太客に恵まれる。「オカネ稼がなきゃってなって3日連続で出勤した時があって、その2日目に2時間でついた客が延長3回して結局3時間半いて、ご飯たべたりテレビ見たりとかしてたら私寝ちゃって、でも次の日も3時間予約入れてくれて結構神だなって思う」

出勤のたびに毎回というほどでもないが、少なくとも週に1回、多い時では週に2回必ず3時間コースで予約をする客ができ、彼女のデリヘルライフは再び順風満帆となった。

特殊な形で花開いたモテ力

自宅に彼女を呼んでいたその客はプレイは最初の30分のみ、あとは一緒にゴロゴロしたり出前をとって食事をしたりすることを好む楽な客だったが、次第に何故か態度が冷たくなり、彼女がデリヘル店に勤めていること自体に文句を言うようになった。「めんどくさくなってきて、でもたまに呼んではくれて、なんかお小遣い3万とかくれる日もあって、でもいつの間にか切れた」らしい。

ただ、その時彼女には、店で出会ったのだが主にプライベートでお小遣い付きで会うようになっていた客がおり、急に収入がなくなることはなかった。そうこうしているうちに、学校を卒業するタイミングで、派遣の仕事をするために東京に引っ越す。引っ越し作業はそのプライベート客がほぼ全て手配してくれて、なんだかんだ家電を買ってくれたり数回往復する新幹線の料金を出してくれた。

派遣の仕事を数ヵ月しているうちにその客も「面倒臭くなって切れた」が、名古屋で一時期懇意にしていたスカウトマンが先輩のスカウトを紹介してくれたため、SM系のデリヘルの面接に行き、週末や暇な夜はそこで稼ぐことにした。有名だと聞いたそこの店では、基本プレイはそれほどハードなことを求められるわけではなかったが、料金の高いコースになると、浣腸や飲尿までがプレイ内容に含まれている。いくつかのプレイはNGにして登録したところ、それでも最初のうちはかなり優遇して客をつけてもらい、入店1週間もたたないうちに「人生最強の神客」と出会う。最初に写真指名でついた時から、店に諸々オプションをつけた2時間コースの約7万円を支払い、彼女には10万円のチップをくれた。それが多い時では週に2回。

昼職は、たまたま良いおばちゃん社員が教育係のような立場でサポートしてくれたため、苦痛というわけではなかったが、「毎日同じ時間が義務、は辛い。生理中起きれないし、当日欠勤しても自分が苦しむだけっていうほうが私には向いてる」と思って1年も経たずに辞めた。現在も神客のいるSMデリヘルには在籍し、吉原にある低価格のソープにも勤めている。ソープには、出勤したらほぼ必ず、その日一番乗りで指名で訪ねてきてくれる客がいるため、今まで一度もお茶を引いたことがない。

入店日初日に良客を引く彼女の天性の運というのはもはや謎だが、高級店や準高級店に受かるスペックがなく、ごく一般的なデリヘルでも写真とはかなり別人の彼女の、喋り方はややボソボソしていて天才的な接客技術があるとも思えない、というのが周囲にいる私たちの認識である。「守ってやりたくなる系?」「独占できそうだから」など共通の知人の評価も、それほど外れてはいないがものすごく言い当てているという感じもしない。強《し》いて言えば若干無礼なところがあり、極端ではないがややズケズケした物言いやちょっとした図々しさは関係しているような気もする。

何《いず》れにしても、特殊な形で花開いた彼女のモテ力は今でも特に他で発揮されることはなく、短期間付き合ったことがある2人の男性も両方とも店で出会った客である。彼女ほどそれこそ神的なタイミングで次々に神客が現れるかどうかはさておき、万人受けするようなタイプではなくとも、たった1人に死ぬほど気に入られれば食っていけるという点では、直接的な接客業は夢がある。

「パパ活」とは現代の援交なのか？

「パパ活」の実態についてコメントをください、と複数の週刊誌からたて続けに依頼をもらった。要は交際クラブに登録してお小遣い稼ぎをしながらオトコの人と「付き合う」女性が増えているんですけど、これはまた売春のカジュアル化ですよね？　さらに言えば女性の貧困問題や格差問題も絡んでいますよね？　という話である。

筋が通っていなくはない。収入がおぼつかない女性、条件の良い働き口が見つからない女性が、交際クラブでお金持ちの男性と知り合って、食事とセックスを「楽しみ」、税務申告のいらない「お小遣い」をもらう。女性が富裕であればそんな現象はあまり見られないだろうし、低収入男性と結婚を狙うより高収入男性と不倫したほうが経済的に自分を救うという格差問題がなければ交際クラブよりも婚活に勤しんだほうがいいわけだから。さらにその額が、バブル時代の愛人契約のイメージからかけ離れた額だということも、読者を驚かせているようだ。

コトバが実質を作り出すという話は社会学では定石《じょうせき》だが、若い女性の売春も例に漏れず、援助交際、神待ち少女、ワリキリなどなど色々なコトバが与えられ、そのたびに多くのルポライターの手により話題にされてきた。当然その売春内格差というのも存在するので、身体の値段に開きはあれど、援助交際をしていた女子高生が出会い系でワリキリをしたり交際クラブで「パパ活」していると思えば、同じ人を指して時代に流行る呼び名で遊んでいるだけと言えなくもない。

言えなくもないのだが、そう言ってしまえば身も蓋もないので、少し「パパ活」の実態を覗《のぞ》いてみようと思う。何がウケているのか、何がねじれているのか。私は概要とコトバのユニークさよりも、その細部にこそ本質があると信じている。

「パパ」って興味ない？

現在、交際クラブの門を叩く女性の多くは、それを渋谷や歌舞伎町に屯《たむろ》するスカウトマンに紹介されている。漫画『新宿スワン』（和久井健著、講談社）でもお馴染みの彼らは、主として風俗・キャバクラ・AVプロダクションの紹介業を生業《なりわい》としており、その他にも脱毛サロンやエステなど若い女性が利用する美容関係の割引会員の紹介などをしている者も多い。彼らの提供するメニューの中で「交際クラブ」「パパ活」はここ2年で急速に存在感が増した。

道を歩く女性に声をかけて足を止めさせ、話を聞いてもらうなり携帯電話番号の交換をするのが彼らの仕事の基本であり、「今の店どう？」「モデル系の仕事興味あったりしない？」「1日10万保証の出稼ぎ紹介できるけど」など彼らそれぞれが女性の食い付きの良いお決まりの第一声を持っている。ここ1年でその第一声に「パパって欲しくない?」「パパ活とか興味ない?」「交際って登録してる?」という声がけをする者が急速に増加している。

彼らは、あらゆる女性を相手にしている。一般的な印象として、学生や素人の女性に言葉巧みに声をかけ、騙し騙しに風俗に落とすスカウトマンの姿がイメージされやすいかもしれない。それも一理あるが、彼らの声をかける相手の女性の半数以上は、すでに風俗やキャバクラなどで働くいわゆる夜職の女性である。風俗の女性は、その店で古株となるとお客に与える印象があまりよくないため、それなりに頻繁に店を移ることが多い。そういう時に馴染みのスカウトマンに紹介を頼むのである。

ではなぜ、彼らは「パパ活って興味ある?」に声がけの第一声を集中させているか。すでにキャバクラや風俗で働いている女性が新しい店を探すのは、タイミングの問題がある。まだ店を移ったばかりだったり、それなりの好条件で働けていたりして、近々に移籍の意志がない女性にとってはスカウトマンは不要である。しかしそこで一般的な存在となって比較的新しく、さらに言えば、風俗店ともキャバクラともかけもちが可能な交際クラブであれば、彼女たちでも話を聞くきっかけになるからである。

注意しておきたいのは、交際クラブに登録している女性の多くが、少なくとも風俗のスカウトマンの話を聞く立ち位置にいる女性であること、つまり「夜職」に興味があるということで、さらに、その中の多くが夜職の女性であることだ。もちろん、風俗経験のないOLや女子大生、モデルらも登録しているが、スカウトマンの話をはなから聞きもしない女性はあまりそういうところにたどり着かないのである。

「初・初」女性を量産

交際クラブは、女性会員のプロフィールと写真を男性会員にメルマガなどで送ったり、実際に事務所やスタッフを通して好みの女性を探したりできるようなシステムを持っている。男性会員にも女性会員にもランクがあり、高級会員のみに紹介される女性は単体AV女優やグラビアモデルの経験者、学歴や容姿がきわだって優れている者などが集まっていることが多い。逆に、ほとんどの会員が閲覧できる女性は、ごく普通の容姿、プロフィールであることが多い。

クラブのウリのひとつは、「お金で抱ける」女性と会えるシステムであるにもかかわらず、風俗店ではないことである。美人が揃う高級風俗店で遊べる資金はあるが、味気ない風俗嬢ではなく、普通の女の子を紹介してもらって食事デートやホテルでの一夜を楽しみたい、という男性のニーズに応える。これは、クラブの男性へのウリだけではなく、女性に強調されるポイントでもある。

女性のクラブへの登録はスカウトマンなどを通して、事務所に面談に赴き、エントリーシートを書き、登録して問題なしと判断されれば、写真撮影などをして、数日～1週間後には、クラブの女性リストに登録される。ここで注視すべきは、面談の際のエントリーシートの内容である。生年月日、住所など基本事項の他に、男性に公開するプロフィールに記載する趣味や食べ物の好み、お相手へのひとこと、年齢をごまかすか否か、などを記入する。以上は想像の範囲を出ないが、加えて必ずあるのが、今まで経験した職業、在籍したお店の記入欄である。これは、風俗の面接シートにもまた必ずある質問事項である。経験した職業の欄は、多くが「クラブ・キャバクラ・ソープ・店舗型ヘルス・デリヘル・セクキャバ・AV・その他」とある中から丸をつける方式になっている。さらに、店舗名や在籍した期間などが記入できる。

エントリーシートをもとにおこなう面接の際には、その職業欄の記入について、例えばソープとデリヘルに在籍したことのある女性であれば、「デート相手の男性には、その経験は特に言わないほうがいいけど、できる?」などとアドバイスされるようだ。実際に現役のソープ嬢であるAは、以前犬好きが高じて資格を取った経緯があったため、男性向けプロフィール欄の職業は「トリマー」とすることになった。その際、「紹介された男性ともしお付き合いということになっても、そんなにソープでの経験を本領発揮しないほうがウケがいいかも」と何気なくアドバイスされたという。スカウトに入れ知恵されている女性の中には、あえて経験職を引き算して記入している者も多く、またソープに在籍中であっても、すでに退職していることにして面接に挑む者も多い。Aも、面接の際はすでに前月でソープを退店したと伝えたようだ。

ここに、ひとり素人の女性が誕生する。これは夜の業界としてはあまり珍しいものではない。高級デリヘルや高級ソープでも、最も高く値がつくと言われるのは「初・初」女性と呼ばれる、業界未経験の女性の初出勤日の初のお客である。もちろん、実際にそうであるに越したことはないが、数多《あまた》ある風俗店に、毎日風俗未経験の女性が初出勤するわけもなく、多くの店と女性は、なるべくお客にわからないかたちで、「初・初」女性を量産しているのである。業界経験があっても未経験と嘘をついたり、すでにその店に在籍している女性が、その店にとって初めての客のところに、今日が私も初出勤ですと嘘をついて訪れるという意味だ。交際クラブも例にもれず、素人女性、初めて紹介される男性、という設定を作りたがる。

素人はつくられる

登録の経緯とエントリーシートを見ていると、巷《ちまた》で噂されるものと、交際クラブ自体に持つ印象が変わってくる。

女子高生の援助交際は、年齢的な問題で風俗店で働けない素人女性が個人的に客を取った。出会い系サイトや出会いカフェのワリキリは、容姿や体型、コミュニケーション能力などの点で風俗店で思うように稼げない女性、風俗店で働きながらも稼ぎに満足がいかない女性たちの受け皿となった。交際クラブは、キャバクラや風俗で働く女性、AV女優らが、副業として「素人愛人」のコスプレをして登録する場、あるいは時間帯などの問題で風俗店勤務が難しい女性の受け皿になりつつある。風俗嬢か、素人か、という区分で言えば、確かに素人女性の登録も多い。しかし、彼女たち自身が、時間的に都合がよく、身バレや体力的なきつさも少なそうな「夜のお仕事」として、パパ活を捉えているのである。

風俗店で十分な稼ぎがあるような美人が、あるいは、昼職である程度安定した稼ぎのある女性が、なぜさらに副業を求めるのか。いくつか類型があるが、例えば、スカウトマンが最も活発に行き来するのは、午前1時〜2時頃の歌舞伎町などである。ホストクラブの閉店時間に店から歩き出る女性たちは、彼らの恰好の餌食《えじき》になる。売掛金の入金日が近いにもかかわらず、出勤日と平均の稼ぎを計算するとややおぼつかない、来月お金のかかるホストクラブのイベントがある、といった女性は、儲け話の前に脆《もろ》い。

お金で身体を提供するという行為は、ある女性にとっては耐え難く、ある女性にとっては金額によっては可能な行為である。双方の比率が、時代によって変わることが多々あるとは思えないが、合法的な風俗店の「都合」によって溢れ出る女性たちが、素人女性となって世の男性の心を打つのである。昼間の仕事との時間の兼ね合いが難しかったり、年齢的に働けなかったり、容姿に問題があって面接に落ちたり、或いは風俗店の不景気で出勤しても稼ぎが追いつかなかったり、店の決まりで2日出勤したら1日は休みをとらざるを得なかったり……。

彼女たちは、男性のニーズに合わせて玄人になったり素人になったりできる。そのロジックを理解せずに、毎度毎度、売春のカジュアル化や素人女性の「パパ活」について驚くのはあまりに学習能力がない。

そして、素人女性を装わせる交際クラブは、男性に夢を与えるだけでなく、女性にも、他職との兼務可能で出勤の必要性がないというメリットを与えて昨今、急速に両者のハートを摑んでいる。素人女性とのデートに浮き立つ一方と、効率と都合の良い夜職を見つけて浮き立つ一方のねじれを孕みながら。

第2章

美しければ美しいほど価値が上がる

カワイイは（ガチで）つくれる！

美容整形に3000万円

「結局目がきつく見えるのが、鼻のせいだってことになったの。でも私ってみんなが高くしたがる鼻筋の部分はしっかりあるのね。西洋人の鷲鼻《わしばな》一歩手前くらい。これ以上そんなとこ高くしたらいかにもオカネかけてますって感じの不自然に高い加藤紗里《かとうさり》みたいな鼻になっちゃうからプロテーゼは入れる必要ないって。だから先端にちょっとヒアルロン酸入れたの。でも、横広っぽく見えてるのは嫌だから小鼻の横はちょっと脂肪溶解注射打って。気に入ってるよ。今回10万円も払ってないよ。さすがK先生」

私より少し年上の彼女はいかにもお金かけてますって感じの顔を喫茶店の窓にちょこちょこ映しながらここ最近うけた施術を報告してくれた。「目がきつく見える」という自己診断はなんとなくわからないでもないのだが、鼻を何かの酸でいじったという痕跡は素人の私にはほとんど判別不能であった。

彼女の名前は杏子さんという。若い時は私と同じAV女優としても活動していたが、すでに10年近く前に引退、川崎・堀之内の高級ソープランドなどで働きながら、エステティシャンの学校に通ったり犬のトリマーの資格をとったり野菜ソムリエの勉強をしたりと何かと忙《せわ》しない生活を送り続けている。時々は美容の仕事やトリマーの仕事をしつつも、高収入エロ仕事を減らすことはあれ手放さずに、月収は80万円を下ったことはない。

品川駅港南口《こうなんぐち》からほど近い綺麗なマンションに住んでいる彼女は、わざわざ前髪を切りに吉祥寺《きちじょうじ》のお気に入りの美容師のところへ行ったり、銀座に通っている美容外科が2軒もあったり、いいと聞けば川越《かわごえ》の整体師に会いに行ったりと、美容関係の情報収集と行動力にみなぎっているので、私は「植物成分を使ったケミカルピーリングをしてみたいのだけどどこかいいクリニックを教えてくれ」的な相談をよくしては、アドバイスや店舗情報をもらっている。ただ、若干お抱えの医者たちが話す情報を無批判に聞く癖のある彼女は、「ハーブ使ったピールはダウンタイムの長さに比べると効果はいまいちだし継続性ないよ」などと限られた情報を元に一刀両断してくることも多い。

整形や美容に高額の支出をしている女性というのは、いまいち正確な値段や施術内容を教えてくれない。当たり前である。芸能人だってあからさまな鼻プロテーゼが光っていても、整形したことすら明かしてくれないものである。何にもやってないよというキャバ嬢から、ちょっとリフトアップだけしたけど全然高くないよとか言うOL、もともと二重《ふたえ》だけどちょっと幅を同じに整えただけーとか言ってくる女子大生など、価格も施術内容もみんな過小に報告しがちなのだ。

杏子さんも最初はメスみたいなのは入れたことない、エステは行ってると言い張っていたが、付き合いだして1年以上たち、私が美容の師匠とあがめ続けたのが功を奏し、あらゆる施術の説明をしてくれるようになった。

彼女の顔はお直しの痕跡はそれなりにあるものの、『小悪魔ageha』の表紙や歌舞伎町のキャバクラで散見されるような整形顔というわけでもない。目をひたすら大きく、鼻筋をひたすら西洋風に高くしていて、独特の似たような顔をしている女性たちとは一線を画す彼女は、

「当たり前でしょ。あんなハサミとノリでジョキジョキつくったみたいな、写真とるためだけ若い時だけっていう下品な顔に変えてどうするの？　私は自分の素材を活かして、気になるところをちょこちょこ治療してるだけだよ。あとはほんとにちゃんとしたところで整体でも髪でもやらないと変になるからこだわる」

なんて言う。

そんな彼女の今まで美容に使った金額を自己申告と月々の支出をもとに概算すると３０００万円を軽く超える。初めての高額支出は、ＡＶ女優デビュー前に直したすきっ歯の矯正約１５０万円だった。

皮膚の下に20万円の糸

関西出身の杏子さんは、大阪にある短大在学中、母親から家賃と生活費の仕送りはもらっていたものの、好きな化粧品や遊び代稼ぎにラウンジでバイトを始めた。時給は３５００円と、

それほど高額ではなかったが、通いやすい場所や親しみやすい同僚が気に入っていた。

そこの店で仲良くなった2歳年上のヒメさんという同僚と、スカウトマンや他店のボーイなどとよく遊ぶようになり、スカウトの友人やその友人の彼女のAV女優の影響で、なんとなく高額なギャラが一発でもらえるアダルトビデオに興味をもった。ヒメさんは、ラウンジのバイトを続けたまま、風俗の仕事も始めたようだった。

スカウトの紹介によりプロダクションの社長と大阪市内で初めて会ったのは19歳の誕生日を過ぎた頃。プロダクションは都内にあったが、月に1～2回の上京で仕事ができることを知り、本格的にAVデビューを意識するようになる。社長が言うには、大阪で学生をしながら仕事をするならば、月の撮影が1回で、1本あたりのギャラが高い単体女優として活動するほうがよいのだという。

顔は可愛いし、胸もそれなりに大きいが、歯に少し隙間があるのと、隙間のステイン汚れを直してからメーカーに面接に行ったらいいのでは？ と提案された。費用は多少事務所が援助してくれる。足りない分は、ギャラから前借りしてもいいという。

社長が紹介できると言ってきた歯医者が都内だったので通いにくいと思い、ヒメさんの紹介で大阪の歯医者に通いだした。通常より早く完成する矯正コースで治療費は約100万円。ホワイトニングで通う分やアフターケアなどを合わせると、150万円くらいに膨らむ予定だった。ラウンジのバイトでは到底追いつかない出費だが、すでにデビューする気になっていた杏子さんはそのための出費であれば惜しまずに契約した。

歯がある程度綺麗になった数ヵ月後、プロダクションの社長と都内のメーカー数社を面接でまわり、そのうちの1社で6本の単体契約をもらった。短大は残り半年以上通わなければいけなかったし、その後の身の振り方はまだ考えていなかったので、ちょうどよい期間に思え、彼女は喜んでデビューすることを決めた。ギャラは1本100万円。付随してグラビアや撮影会の仕事もすることになったため、歯の治療費はすぐに返済の見込みがたった。

大阪で仲良しのヒメさんは、ラウンジの収入の他に風俗で随分稼いでいるのか、二重まぶたの手術やエステ通いなどを始めていた。杏子さんもまた、歯の治療を皮切りに、美容外科やエステに興味を持ち始める。もともと外資系の化粧品や入浴グッズなどを収集する癖があり、美容への興味は20歳ですでに5年もののそれとなっていた。

短大が最後の夏休み期間に入り、彼女が最初に訪れたのは、瘦身エステ。太ってはいなかったが、AVの映像で見ると身体のあらゆるところに気になる箇所が見つかっていた。胸もせめてEカップは欲しいと思うようになった。

AVの仕事は順調で、短大を卒業した後は都内に自宅を構えて、もう少しその業界で仕事を続けようと考えていたため、都内のエステで長期の契約をした。すでに大阪の店で5回60万円のコースを契約していたが、さらに都内では、瘦身とバストアップのコースで合わせて280万円。2年間の契約だった。

大阪時代はエステの他に、美容外科で二重まぶたの手術をした。もともと奥二重気味だったまぶたを、平行型の二重にする切開法の手術だったため、費用は20万円。

「顔の形自体を変えるメス入れた治療って、その時が最初で最後じゃないかな？　あとはたるみをなくすとか、注射とかそういうのだよ、私は」

と杏子さんは振り返る。以前は2ヵ月に1回、カットとカラーに通う程度だった美容院も、毎月撮影で都内に来る度にトリートメントやリタッチカラーに通うようになった。撮影前日は、顔のむくみを取るフェイスマッサージに行き、撮影が終わって大阪に帰ってくると、疲れや歪みを取るためにマッサージ院に行くことも多かった。美容院代は月2万円、マッサージもそれくらいかかるようになる。

短大を卒業し、東京に引っ越した彼女が次に最も熱心に通ったのは脱毛サロンである。全身通い放題30万円ほどのコースをすぐに契約し、2ヵ月に一度、通いだした。さらに、内側……と言っても性格だとか心意気だとかそういったものではなく、食べ物にも気を使うようになる。サプリを毎月3万円分くらい購入し、美容によい料理を勉強する教室にも入会した。

単体契約は切れていたが、また新しいセルメーカーで同額のギャラで契約することができた。しかしその頃はすでに母親からの仕送りは途絶えており、AVの毎月100万円の収入では家賃や美容代を捻出するのが難しくなっていた。吉原のソープランドに面接に行くと、現役の単体AV女優として好条件、高額の手取りで合格した。最も多かった時、月収は400万円を超えたという。

「貯金に興味がない。お金持ちのおばあちゃんになって何するの？」

という杏子さんは、基本的に、一度始めた習慣を変えることなく新しい日課を足し算していく。サプリや美容院、マッサージ、脱毛は今でも続けており、タトゥーを入れたりそれを除去(10万円)したり、ボトックス注射(6万円)で気になっていた脇汗対策をしたり、酵素ジュース(9000円)を定期購入したりと、新しいことを始めることにも余念がない。

私が出会った頃、彼女はケミカルピーリングに凝っていたが、その後は皮膚のたるみをなくすために、溶ける糸を皮膚の下に入れる治療をするのだと言っていた。費用は20万円で、切ってひっぱるフェイスリフトと違って傷跡もなく、顔が5歳は若返るとか。30代になっていた彼女は、顔の造形美や痩身よりも、老化や劣化対策にこだわっていた。

「月にどうしてもかかるオカネってあるじゃない? 家賃と光熱費と交通費、それに美容代が大体は15万~20万円。で、あとは収入に応じて美容外科に相談に行くんだよ。エステはそれほど熱心には行ってなくて、脂肪溶解注射(二の腕とお腹で1回9万円)は通ってる。あとはスパかな。岩盤浴してボディメイキング(1回1万2000円)して。ボディメイキングはしないと身体が歪んだり変なところに肉がついたりして気持ち悪い」

稼ぐための出費

整形依存なんて言われる人もいるが、もっと鼻を高く、次は顎《あご》をすこし尖らせ、次に目をもう少し近づけて、などとどんどん顔を変えていくそういった嗜好と杏子さんはどうやら一線を画す。整形依存顔負けの出費をしているように思うが、彼女としてはあくまで、いい女でいるためのメンテナンスと美容のための出費であって、何か別のものになろうとしている焦燥感はない。

ただその分、年月が経っても出費の額が減ることがない。高額なクレ・ド・ポーの化粧品を愛用する彼女は、皮膚の中も外も常にお金をかけて維持しているため、手術に高額を出す整形好きの女性らとちがって、常に消耗品にお金がかかるのだ。

最初のきっかけは、好条件でAVデビューするための歯の矯正だった。いわば、稼ぐための出費である。そしてそれをクリアした後に順調に稼いだお金はさらなる美容に消えていった。現在も彼女の主たる仕事はソープランドの嬢であって、30代を過ぎても良い条件で働くために新たに劣化防止にお金をかけ始めている。補正下着を一式揃えて10万円、加圧トレーニングに申し込んで40万円……。

美しくいるためのお金を得るために稼ぐ、ために美しくなる、ために美容にお金をかける。手段と目的は常にぐるぐる入れ替わり、奇妙なバランスをとりながら、美容戦士は生きていく。

水モノのお金は身につかない？

悪いことをして得たお金はあまり長く持っていたくないという深層心理があるからすぐに手元からなくなってしまう、水モノのお金は身につかない、簡単に稼いだお金は結局簡単になくなる、などなどどれも手垢《てあか》にまみれた表現だが、同様のことはよく言われることだし、私もしょっちゅう年配者たちにそう諭《さと》されて生きてきた。

おそらく、歴史をひも解けば簡単に稼いだ金が簡単に使われてきた事実はあるのだろうし、それはその通りだと思う。ただし、それは別にそのお金が簡単に稼いだから呪われているとか価値が低いとかっていうよりも、簡単に稼げたのだからまたなくなったら稼げばいいという類いの理由であって、私には比較的ポジティブに受け取れる。苦労人ってお金持ってからも財布の紐が堅かったりするし、景気の良い風俗嬢がすっからかんになるまで酒を飲めるのも明日もまた日払いが入ってくるし、すぐに取り戻せるという余裕があるからだ。

便宜的に、本業の収入で生活費をまかない、例えばＦＸや副業で稼いだ分は貯金したり遊び代にしたりする、使い分けをしている人は多い。でも実際は本業で汗水垂らして稼いだお金も、パパから毎月振り込まれるお手当も、趣味のＦＸで臨時的に儲かったお金も、別に色がついているわけでも、重みに違いがあるわけでもない。別に、自分の稼いだ自分のお金をどれだけ、何につぎ込むかは自由ではある。

ただ、例えば父親の葬儀の際に受け取った香典を袋に入ったままカバンに詰め込んでホストクラブに行ったとか、親の遺産をインターネットカジノに突っ込んだとかいう話に人は顔をしかめがちである。だからと言って香典の正しい使い道はなんなのかもわからないし、インカジに突っ込んで差し支えない収入とはどんな収入なのかと聞かれても微妙だ。そもそも人が顔をしかめているのは、親が死んだ直後にホストクラブに飲みに行ったとか、インカジにはまっているだとかいうこと自体に対してであって、そこで使ったお金の出どころではないのかもしれない。

基本的には別に誰がどこで散財していても問題視するつもりはないのだが、では自分は香典を持ってパチンコやホストクラブに行くかというと私はＮＯだし、否定的な人が多いとは思う。それはおそらくモラルとか罰当《ばちあ》たりだとか罪悪感とか、そういう私たちの良心がなんとなくそうさせないのだ。

ただ、人は慣れるものだし、意識的にお金の出どころを忘却することでいくらでも逞しくなれる。別に全てのホストがいちいち、このお金はあの子がオヤジに身体を舐《な》められて稼いだお金である、とか思って重たい気分で裏スロットに行っているわけではないし、女子中学生たちが原宿あたりで世界で一番不要だけど世界で一番可愛い物品を買うときに、このお金は父親が嫌味な年下の上司に頭を下げまくって稼いでいるお金だ、とか思っているわけではないだろう。

特に、焦燥感を持ってお金をつぎ込む先がある人というのは、そういった忘却が得意だ。ホストやギャンブルもそうであろうし、アイドルのおっかけや貧乏人の素敵女子コスプレもそうだろうが、私の友人史上最も顕著に「お金に色はついてない」の思想を貫いたのは、ホス狂いでもギャンブル依存でもなく、ただただ可愛くなりたかった女子である。

思春期の一重まぶた女の鬱

高校を卒業して短大に入った時点で、ヒロコはすでに二重の埋没手術を終えており、次に鼻に薄いプロテーゼを入れる予定まで立てていた。高校時代まではそもそも学校が休めないし、クラスメイトに整形報告する面倒も避けたくて、毎朝二重糊をまぶたに塗り、つけまつげをつけて、使い捨て二重に甘んじていたらしい。

「もともと二重の人にはわかんないよ、思春期の、一重《ひとえ》の女の鬱《うつ》な気分は。中学生の時に、母親が二重テープ貼ってくれたことがあって、目が二重になると鼻が団子っぱなでも若干太ってても可愛く見えるってわかったし、それからはアイプチはずっとしてたけど、水泳の時間とかも含めて、学校の友達にも彼氏にもすっぴんは見せたことなかった。彼氏んとこ泊まって、髪の毛洗いたい時も顔濡らさずに洗うの。向こうが起きる前に洗うんだけど、洗ってる間に起きちゃったらやばい、って」

二重の手術はすでに経験している友人もおり、何の抵抗もなく、むしろ早くしたくてたまらないのを卒業間近まで我慢して、やっと達成した。

「整形っていう意識じゃないよね、埋没式だったけど、激安なところは怖いから、色々全部入れて10万円くらいで、アイプチの手間を省くためにやる感じ。整形っていうとマイケル・ジャクソンみたいなイメージだった。それとは別物で、オカネも10万なら高校生もちょっと貯めれば払える額だし、その時はその後色々やるつもりはなかった。地味顔ブスだったから、やりたくないわけじゃないけど、手術するのは目だけやれば、あとは化粧とか痩せるとかでごまかせる気がして」

果たして彼女は、念願の二重を作り、使い捨てではない目元で都内の有名短大に通い始める。勉強する気も、将来の目標も特になかったが、進学は親の希望だった。ただ、念願の手術を終えたばかりの割には、彼女の気分はそう晴れやかでもなかったのだという。

二重埋没法は、まぶたに糸を埋め込んで人工的に二重まぶたを作る手術で、プチ整形の中でも最も人気が高い部類に入る、比較的気軽にできるものである。糸の結び目を増やしたり、糸の本数を増やしたりすることで各々の希望の形を作るが、メスを使って皮膚を切ることがないため、術後の腫《は》れや痛みも少ない。ただ、もちろん永久的なものではなく、大体3年くらいでだいぶ元の顔に戻ってしまう。また、目の周りを切開する形成に比べれば、希望の目元にするのにも限界がある。ヒロコの場合は、仕上がりに特別不満があったわけではないが、腫れが引いた後に思ったよりも二重の幅が狭く感じた。

「目を鏡でアップで見ると、二重になってるし、形は綺麗にできてたと思う。でも、写真とかプリクラでは、アイプチしてた時の顔のほうがマシで、全体的に何となく華やかさのない顔になって、結局、目はその後3回手術してて、目頭切開とかもして、今は割と完成形かなと思ってる。でも、当時は目はやったばっかりだったから、次は鼻をやりたくて。顔が写真でのっぺり見えるのが、鼻筋がないからだと思ったから」

資格取得のためのお金を整形費用に

目は悪くない出来でも、直して見ると顔の他の箇所が気になった。クリニックにもすでに2回行ったことがあったため、以前よりも本格的な整形が身近に感じられ、入学前から働き始めたキャバクラでも、顔のお直しを経験している子は多かった。

ただ、その後、キャバクラのお給料を貯金し、2週間店を休んで受けた鼻の手術は、満足のいくものではなかった。手術自体はつつがなく終わったのだが、鼻先がやや上を向いた気がした。支払った費用は約30万円で、二重埋没法と比べればかなり高額の出費だったが、早急に再手術をしたくなった。

「割と有名で大きい美容外科だったけど、その時は、どの先生がいいとか、どの病院行くべきとか、鼻ならこの先生とか、知識ゼロだったから、今思えば、それだけオカネも払うんだし、ちゃんと調べればよかったと思う。結局、店の友達に先生の名前聞いたり、2ちゃんとか見まくって、クリニック探して、カウンセリングに行ったら、めちゃめちゃ丁寧で、好きな芸能人とか症例写真とかいろんな話ができて、で、半年くらい前の手術直すってことになった」

ただ、前回手術を受けた大手のクリニックよりも高額な費用が必要だった。当時、短大入学のタイミングで一人暮らしを始めており、親にキャバクラで働いていることは言っていなかったため、仕送りもしてもらっていたが、前回の手術からそれほど時間が経っていなかったし、キャバクラの給料は、衣類や化粧品の購入、友人と遊びに行くのに使って、さらに整形費用が残るほど高額ではなかった。

「LECとか通っている友達がいてうちも就職のこと考えて通おうとか思ったことがあって、資料は取り寄せてたから、それ親に見せて、そのオカネもらって、多少は自分のオカネも混ざってたけど、それでとりあえず、小鼻縮小して、鼻筋も直せた」

税理士などの資格取得と偽り、その費用として親にもらったお金はまるまる鼻の修正に消えた。しかし、当初の予定よりさらにお金がかかり、結局彼女は、キャバクラに籍を残したまま、デリヘルでも働き始める。キャバクラの同僚には伝えなかったが、短大にいた仲良しの女の子には、そのことも伝えた。

短大はギリギリの単位で卒業したが、彼女は信頼できる美容外科の専門医に出会えたのを機に、お金を貯めては整形を繰り返すようになる。目頭切開、まぶたの脂肪吸引と埋没法のやり直し、顔の脱毛、ヒアルロン酸注入、顔の脂肪吸引、額をヒアルロン酸で高くし、シリコンを使って顎も尖らせ、前歯も被せ物にした。ニキビ跡を消すためのピーリングなどスキンケアの施術も含めれば、顔面だけで500万円使った。分割払いも活用しながらだったが、今はほぼ全て支払い終わっている。

豊胸手術は、付き合っていた彼の反対を押し切って受けた。風俗での稼ぎは、顔面のお直しだけでいっぱいいっぱいだったため、祖母の形見の時計やネックレスなど、売れるものは全部質屋やリサイクルショップに持っていった。祖母の部屋にずっとあったべっこうでできた大きな亀の甲羅も潔く売った。なんとか作った50万円に、お客にもらったチップを足して間に合わせた。

整形医はプロデューサー兼マネジャー

彼女の、人形のように綺麗な鼻には両親の愛が、おっぱいには祖母の思い出が詰まっているわけだが、汗と涙と精子の結晶であるオデコや目頭も、申し分なく美しい。鼻だけが黒く光るわけでも、オデコだけ悲愴感があるわけでもなく、彼女にとってのお金が、どんな出どころであれクリアに整形のための資金であったように、お金たちも期待通りの働きをしてくれたようだった。

彼女は今年中に、付き合って1年経つ彼氏と、レストランで小さい結婚式を挙げるらしい。

「ご祝儀も整形に使うでしょ?」と聞いたら、「今はもうそんなにオカネ使ってないよ」と言いつつ、「韓国で整形してみたいよね」とも言っていた。

「整形のお医者って私は婦人科とか内科とか他に行く医者より何でも話すし、長い期間付き合うし、もう私のプロデューサー兼マネジャーみたいになってる。依存してる子も多いって聞いたことあるけど、私はそこまでじゃないから、1回韓国とかも行ってみたいんだよね。美容とか整形のブログとかツイッター見てると、またやりたい欲が湧く。でも、服とかモノとか買うのとは、全然違う。痛い思いして、失敗する怖さとか感じて、でもモノみたいに、諦めればそれで済むっていう感じではないよ。自分を変えるっていうことだし、高校時代のすっぴんの顔だったら、今みたいに幸せではない」

高収入オンナの内実

私の知り合いである、とある36歳女性の話。彼女のお家は品川区のビル街にある20階建てのマンションで、間取りは1LDK、家選びの条件はペット可のオートロック、駅からは10分以内であった。パピヨンとチワワの2匹の犬を飼っており、ベッドはダブル、備え付けのクロゼットの他に組み立て式の洋服ダンスを2セット購入した。

身長157センチ、細身でショートボブヘアの彼女の職業は「ネイリスト兼アイリスト」である。ネイルサロンでマニキュアを塗ったりジェルで爪を加工したりするほか、近年「つけまつげ」の代わりに大流行しているまつげエクステの施術をする。もともと20代の頃はネイルのみを専門としており、渋谷にあるネイルサロンなどで月収約18万円で勤務していたが、まつげ施術のスクールにも通い、現在は知人が個人経営する五反田《ごたんだ》のネイル&まつげエクステサロンで不定期に施術に入っている。

彼女の月収は約100万円である。実は品川区の自宅の他に、宇都宮《うつのみや》駅近くにワンルームマンションを借りており、双方を合わせた家賃は約23万円。1ヵ月のうち1週間強を品川区で、残りを宇都宮で過ごす。そういう生活になってすでに2年近い。彼女にはネイリスト・アイリストとしての仕事の他に、メーンの収入源となる仕事がある。その仕事場が宇都宮なのである。

彼女の「副業」はソープランド嬢である。以前は吉原などに勤務経験もあるが、30代後半という年齢や、コンドームを必ず着用したいという希望など、納得行く条件を探して、またネイルサロンの顧客などと偶然同じ職場などにならないようにする意味もこめて、地方のソープランドを転々としている。時には、1～2週間単位で西日本や東北のホテルに宿泊し、近くのソープランドに勤める、近年では珍しくない都心↓地方の出稼ぎソープ嬢もこなす。

彼女にはとりたてて返すべき借金や、特段お金のかかる病気をもった家族もおらず、100万円を超える稼ぎのほとんどは、家賃・美容・被服にかける。私は一度彼女と新宿伊勢丹の2階で冬物の買い物をしたことがあるが、持ちきれないほどコートやブーツを買い込んだ彼女は、結局配送を頼んでいた。ボトックス注射でエラを縮小したり、皮膚の下に糸を入れてほうれい線を目立たなくする簡易な整形手術も繰り返しており、月によっては40万円程度の施術代がかかるという。

転職せずに月収が10倍

もともとは、ネイリストの仕事の合間を縫って、池袋にあるキャバクラでバイトをしていた彼女は、長年の目標であった歯の矯正費用を手っ取り早く稼ぐためにデリヘルに登録した。ちょうどその時、勤めていたネイルサロンを一旦退職し、新しい店に移ろうとしていた時だった。しかし、デリヘルの仕事は潔癖症な彼女の性に合わないものであった。性病検査は任意だし、場合によっては汚い個人宅でのプレイをせねばならなかった。歯の矯正費用が貯まり次第辞めるつもりであったが、結局2回しか出勤せず、1本1万6000円の手取りで稼げたのは結局8万円と少しだった。

デリヘルを紹介してくれたスカウトマンと懇意になり、色々と条件を照らしあわせた結果、紹介されたのは吉原の高級ソープランドであった。当時の彼女は28歳、1本仕事した場合の手取りが3万5000円という金銭面も魅力的だった。結局彼女は、新しいネイルサロンを探すのを一旦中断し、ソープランドの研修を受け、性病検査などをクリアし、週に4日で働き出した。もともとネイルサロンの厳しい勤務体制に慣れていたので、ソープランドの比較的きっちりとしたシフトもマニュアル化された接客も肌にあっていた。

ネイルの仕事をほとんどしていなかった時の最高月収は200万円を超えたが、長く勤務すればだんだんと新規の客もつかなくなり、体調を崩して休むことも増えたため、それは長くは続かなかった。年齢が30を超えた頃から、現在勤めているネイルサロンのオーナー店長と親しくなり、パートのような扱いで働かせてもらえることになった。

とはいえ時給は1100円。深夜などに仕事をすることもあり、融通がきくかわりに、収入は10万円を超えない。勤務を週に2日程度に減らしてソープの仕事は続けていた。

吉原で条件の合う店が見つからなくなると、スカウトマンの斡旋《あっせん》で、1週間や10日など期間を決めて、日給7万円保証などをつけて地方に出稼ぎに行くようになった。出稼ぎは、働き手不足の地方の風俗店が、都内など、風俗嬢のなり手が多い場所から期間限定で働いてくれる女性を呼びこむため、10日で100万円、など必ず稼げる金額を保証する場合が多い。彼女の場合は、不安定になっていた吉原の店に比べて給料のめどがたてやすいため、クレジットカードの支払日などに合わせて予定を入れられた。

もともと出稼ぎ先であった中国地方のソープランドに定期的に通いだしたのが32歳の頃。現在と同じように都内に自宅を残したまま、当該地のワンルームマンションに賃貸で入居し、月の半分をそちらで過ごすようになったのが32歳の終わり頃。そのプチ引っ越し先を宇都宮に変えたのがすでに2年前。表稼業であるネイリストの仕事は月に5～8日程度こなし、月収は少ない月でも80万円をきらない。貯金は心がけてはいるが、大きな出費がある際にそれまでの貯金を使ってしまうことが多いため、結果的にほとんどない。

歯の矯正で人生変わる？

そもそもネイリストとしての仕事でなんとか生計を立てていた彼女が、風俗の副業を始めたのは、前歯がやや前に出ていて下の歯がガタガタしている、というコンプレックスであった歯並びの矯正施術費用を稼ぐためであった。当初のソープランドの給料であれば、10日間も働けばすぐに貯められる。実際、彼女はひと月もたたないうちに矯正の専門医に予約の相談に行き、次の月には施術を始めた。すでに諸費用は全額支払っていた。

次の月の月収も150万円以上あったため、ちょうど更新時期だった西武新宿線沿いのアパートから、高田馬場《たかだのばば》の近くに部屋を借りて移った。その後、出稼ぎに行くようになり、新幹線などに乗りやすい品川に引っ越すまで、そのマンションに住んでいた。また、学生時代に作ったクレジットカードで通勤用のルイ・ヴィトンダミエの大きめのバッグを買い、日々の肉体労働で調子の悪くなった腰を治療するために整体に通い出した。以前からしようと思っていた全身の脱毛にも通った。

その後も、特に莫大な出費はなかったものの、加齢による肌のくすみを改善するためのエステやストレス発散、と本人が言う洋服の買い物などで月々の出費は必ず80万円近くになる。奥二重だったまぶたをくっきりとした二重に見えるようにする手術や鼻に薄いプロテーゼを入れて鼻筋をスラッと見せる施術も経験した。

洋服は、東京に滞在する期間中に季節物をまとめて購入する。プランタン銀座で普段着を、シブヤ西武や新宿伊勢丹、銀座三越などで「おしゃれ着」を買う。好きなブランドはジル・スチュアートやグレースコンチネンタル、FOXEY、セオリーなどだという。また、最近は寝具に凝っていて、品川区のマンションのベッドにはテンピュールの約20万円のマットレスを敷いている。やや健康オタクのけがある彼女は、わざわざ六本木ヒルズまで出向いてコールドプレスジュースを買い込んだり、ホットヨガに通ったりと、休みの日も何かと忙しい。

ただし、私が面白く思うのは、彼女の過剰な出費ではない。彼女がかつては月収20万円と少しでも、わりとオシャレに楽しく東京で暮らしていたことである。ネイルサロンの給料とは別に、キャバクラでお小遣い稼ぎをしていれば、たまに旅行に行ったりマッサージに行ったりしながら、月に一度の美容院代とちょっとした衣類代などは問題なく残った。

酒とナミダとお金とオンナ

私は、彼女のように、何に使っているのかよくわからないけれど、高収入・高支出のオンナたちを何人も知っている。それは風俗などの夜職である場合もあれば、コンサルタントや資格昼職などの場合もある。稼いだお金を何に使っても当人の自由だと思うが、過剰に稼いで過剰に使う彼女たちを見ていると、なんとなく不安な気持ちにもなるのだ。

一度学生時代に水商売や風俗のバイトをしてしまうと、生活レベルを下げられないとか、簡単に稼ぐ癖がつくとか、そういった言いがかりはある種の真実であると考えられるが、例えば年収1200万円の外資系コンサルティング・ファームに勤める知人が、宇都宮に出稼ぎに通う彼女と比べてものすごく意味のある出費を重ねているとも限らない。

不慣れなお金を手にしても、何に使えば不安が払拭《ふっしょく》されるのか、いまいちわからない。それは歯を直すために急に高収入になった彼女だけでなく、私たちの多くが感じたことのある感覚のような気もする。そうやって、自分磨きのヨガ教室や百貨店、英会話にホストクラブに美容皮膚科に、お金を抱えたオンナたちが群がる。

第3章

パンツでも母乳でも

愛と資本主義と1万円のパンツ

どうせ売るなら高いうちに

ＪＫリフレにＪＫ散歩、ＪＫカフェなど、いわゆるＪＫビジネスは国連報告書で性的搾取《さくしゅ》であるなんていう今時の先進国ではレアな指摘までついて、警察庁が一斉捜査に乗り出すなどお茶の間を賑わせながら、法や規制との追いかけっこにより奇妙な進化を遂げている。女子高生が折り鶴をつくっている様子を見学するといった何が面白いのか全く不明の形態まであった。

まったく納得の権利主張であると思う。女子高生なんていうブランド付きの若い女の子が、その今がストップ高とも思える高値の価値ある自分自身を、資本主義的目的遂行のために使うのも、それに気をもむ大人たちの懸念も、女の価値を安売りするななんていう立場から難色を示すバブル時代のオネエサンたちのプライドも、どれも理にかなっている。

ただ少なくとも女子高生たちが、自分たちの価値が今後も一定期間上がり続け、良き年齢で最高値になり、そこで伸びしろのある伴侶を最安値で見つけるなんていうことを現実的に夢見られるほどに楽観的であれば、数千円やそこらで見知らぬ男性の添い寝なんてしないだろうと私は思う。そういった現象はむしろ添い寝して数千円もらえるのもここ数年で終わりであるという絶望感と、どうせ売るなら高いうちにという開き直りのもとにある。

そういった絶望感と開き直りが、女子高生という圧倒的なブランドとリンクして花開いた時代はかつてもあった。私は、16歳というそのハイブランド真っ盛りの時に渋谷の真ん中でそれを間近に目撃し、またその中にいることができた。時は1999年秋。恐怖の大王こそ現れなかったもののスクランブル交差点の目の前に巨大なTSUTAYAが開業する直前のことだ。

「ごめんね、もう家？　電車？　ごめんね、しつこくかけて。でも聞いて！　7回売れたの。8万超えて、歴代記録抜いたよ。今までミホさんの7万円と、去年卒業したサユリさんて人の6万円が1位2位だったんだって。嬉しいよ〜。今までで一番っていうのがホントに嬉しい」

高校1年生の私に電話をかけてきたのは、アユミという都内で有名な「バカ」女子校に通う親友で、私たちは渋谷駅前にある生脱ぎブルセラ店で知り合った。アユミの中学時代の彼氏が私の高校のクラスメイトだったり、アユミの通う女子校に私も面識のあるグラビアアイドルが通っていたりと何かと共通の話題が多く、私たちはすぐに仲良くなった。

今はすでにないその店は、渋谷駅の改札を出て歩いて数分の雑居ビルの4階にあった。平日の学校の後に、友人らと約束して行く場合は大抵、渋谷南口を出てすぐの歩道橋の下で午後3時に待ち合わせた。勢い良く歩くと微妙にぐらぐらする歩道橋をわたって、当時近くにあったam/pmでお米サンドやジュースを買い込み、「USED CLOTHES」の看板が掲げられた雑居ビルの階段をのぼる。

客と鉢合わせしては困るから、という理由で、エレベーターは使用禁止だった。店の営業時間は午後1時から午後10時までの間で、女の子たちは自分が希望する出勤時間を店に前日までに伝える。アユミはほとんど毎日、放課後の午後3時から出勤していた。

99年当時、すでに下着を持っていけばポラロイドと一緒に買い取ってくれるような店はほとんど都市伝説となっており、ブルセラの主流は「生セラ（生脱ぎブルセラ、脱ぎありブルセラ）」だった。

ケータイとプリクラが女子高生文化の主流であり、かろうじてiモードが登場していたものの、ネット検索が高校生にとって一般的な情報収集の手段になる前の話だ。私たち女子高生は口コミ、もしくは同じ女子高生によるスカウトでブルセラ店の場所などの情報を入手し、通うようになっていた。

100円のパンツが1万円に

取引される商品は女の子によって制服それ自体からローファーまで多岐にわたっていたが、ほとんどの女の子が売っていた基本的なものは数点である。P（パンツ）、B（ブラジャー）、L（ルーズソックスや紺色のハイソックス、もしくはストッキング）、D（唾液）、S（尿）。

唾液は半透明のフィルムケース1本に5〜10分かけてためる。尿はビニールでできたボトルに漏斗《ろうと》で入れる。ダイソーで100円で買ってきたパンツが100倍の値段にかわる魔法の店ではあったが、私たちはそれなりに準備や作業をして、その100倍掛けの値段に堪えうる商品をつくっていた。

雑居ビル内の店で女の子たちの居場所となっていたのは大きく分けて2つ。「鏡の部屋」と「タバコ部屋」である。店に到着すると大抵の女の子はまずタバコ部屋に入る。6畳もないその狭い部屋にはお湯が沸かせるポットとテレビ、電子レンジ、水道シンク、丸いパイプ椅子が5つくらいあって、ご飯を食べたり、タバコを吸ったりできる。

まずするのは売るための準備だ。学校を休んでいたり、私服で学校に行っていたりする場合は、店置きの適当な制服を借りて着る。パンツやソックスを2枚以上持っていなかったり、ブラジャーをつけていなかったりすれば、店に断ったうえで拝借し、それをそのまま商品にすることもできた。当然それを売り上げた際には、1000～2000円を商品代として店に返すことになっていた。

ルーズソックスやパンツ、ブラジャーなどは店の廊下にあるビニール袋に大量にストックされていて、その中から選べる。パンツは2枚はいておくことになっていた。1枚だけでは、マジックミラー越しに脱いで客に引き渡す際に、スカートの下が裸になってしまい、それでは店の決まり上、まずいようだった。

身に着けるものが揃ったら、「鏡の部屋」に入り、ちゃぶ台くらいの大きさの低いテーブルで値付けに入る。テーブルの上には黒のマジックと、チケットの裏側のような細い紙が大量に置いてあり、女の子たちはその紙の一番上に自分の学籍番号ならぬ女の番号を書き込み、売るつもりのある商品とその値段を縦に書き込んでいく。

「P10、B12、L7、D11、S14」。実際の値段は書かれた数字にゼロを3つ付け足したものになるので、この場合はパンツが1万円、尿が1万4000円、ということになる。値段設定は完全に女の子に任されているが、極端に安い値段や極端に高い値段をつける子はいなかった。パンツなら7000円から1万2000円、ブラジャーなら8000円から1万3000円の間で、自分の「価値」を鑑《かんが》みて自由に設定する。

生理中の場合はパンツの代わりにタンポンやナプキン、靴を買い替えた時期であればローファーなどを書き加える子もいる。値段を書き終えたら、紙をビニールの細長い名札入れに入れて、安全ピンで胸にとめる。

値段表にない商品もある。5分5000円の「鑑賞タイム」や1枚5000円のポラロイドだ。それはほぼ全員の女の子が売る商品で、店側が値段を統一している。

渋谷にあったその店では毎週火曜日がブルマ・デー、毎週日曜日がコスプレ・デーだった。日曜日がコスプレだったのは、学校が休みで女子高生たちが制服を着ていないことを考えれば当然で、代替的な価値ある制服（セーラー服やナース、アンナミラーズ風のワンピースからミニスカ・ポリスなど）が用意されていた。ブルマや体操着は店置きのものを使ったが、それすらも売り物となった。

正真正銘のJKしか扱わない

店に並ぶのは女子高生に限定されていた。女の子は登録する際、学生証の提示が必ず求められ、女の子はたとえ留年して4年間女子高生であったとしても3年間までしか店に来ることはできない。うちの店は女子高生の格好をしたフリーターや女子大生は扱っていません、ここに並んでいるのは全て正真正銘の女子高生です、というリアルを、客に対して売っていたからだ。

ブルセラ研究の第一人者とも言えるジャーナリストの藤井良樹氏はブルセラ世代の女の子を「女性が商品としての価値を持っているということを前提として育ってしまった」世代と呼んだ。その店で売買される商品はまさしく、私たちが女の子というだけで、とりわけ女子高生というだけで、売買される価値を持っていた。

店に行く途中で100円で買ったパンツは、黄色いファンデーションやコンシーラーで擬似の染みをつけて、数十分直にはいて尿をつけたり股間にこすりつけたりしながら体温と体臭をつければ1万円になる。店置きのブルマはただその日たまたま段ボールの中から選んで身に着ければ1万円になった。

準備が完了した私たちは、客が入ってくればマジックミラーの前に並び、自分の女の子番号が呼ばれるのを待つ。客が20人以上来る忙しい日もあれば、ぱらぱらと10人程度しか来ない日もある。女の子のほうも、20人近く出勤している日もあれば早い時間で5人くらいしかいないこともある。

当然、可愛くて清純系の女の子の番号は呼ばれやすい。アユミのように、もともと明るい茶髪にメッシュを入れていた髪を黒染めして化粧を薄く、売り上げを伸ばすためにかりそめの清純派になった女の子も多かった。

アユミは放課後の数時間をひたすら、パンツを脱いでは売り、パンツを脱いでは売り、ルーズソックスを脱いでは売っていた。私を含めた多くの女子高生たちが、金欠の日や買い物の前の日、特に予定のない暇な放課後に週に2〜3回通ってくる中、ほんの数名、インフルエンザにでもかからない限り毎日通っている女の子たちがいて、アユミはその中のひとりだった。

店では、午後7時を過ぎるとぱらぱらと女の子が帰っていく。店のフロントで黄色い伝票を渡すと、店の取り分を除いた金額が支払われる。店の取り分は曜日や女の子のペナルティなどによって変動したが、大抵は4割だった。

黄色い伝票を手にできなかった女の子は、2000円でパンツ1枚、店に買い取ってもらえるシステムもあった。どんなに売れない娘でも、2000円は稼げる救済措置で、店置きのブラジャーやルーズソックスの在庫が減っている場合は、それらも2000〜3000円で買い取ってもらえた。

唾液や靴下が欲しいものに化ける

アユミもよく客が入り、収入のめどがたてば私と一緒に早めに店を出て、カラオケやファストフードに行ったり、プリクラを撮ったりした。閉店時間ぎりぎりに109に駆け込んで服を選び合って買うこともあったし、高額商品が何回も売れて、5万円持って帰ることができた日には、グッチのお財布を買って帰った。

唾液や靴下が、カラオケ代やお財布や、次の休日に着るキャミソールに数時間で化ける。私たちにとって、自分が欲しいものと自分が、同じ価値であるのは嬉しかった。

アユミは女の子ひとりの1日の最高売上額である8万2000円を叩きだした高校2年生の冬から、その記録を誰にも塗り替えられることなく、高校を卒業し、店も卒業した。店に通いだした高校1年の終わりから女子高生時代に稼いだ額は彼女の大まかな計算で約500万円。

当然、数千円しか持って帰らない日も、ほとんど客が入らず売り上げがゼロ円の日もあったわけで、1日8万円を稼いだことがあるとはいえ全貌は特に大したことはない。それでも彼女は最大限に女子高生である自分の特権的立場を換金しきった。貯金額は高校2年生の終わり頃に200万円になってから減らしも増やしもせず、余剰は使いきったと言っていた。私が最後に彼女と連絡をとったのは高校を卒業して最初に迎えた大学の夏休みで、郊外にある短大に進んでいた彼女は、キャバクラに勤めていると言っていた。

ブルセラ店は私たちが高校を卒業して数ヵ月後に、警察の取り締まりによって閉店したと噂されていた。渋谷にもう1軒あった類似店も、私が高校3年生だった2001年に閉店していた。私やアユミは高校を卒業するまでその類いの店に出入りできた最後の世代でもあったのであった。

店の中には、アユミのようにひたすら時間と女子高生的価値を500万円で売り切る女の子がいる一方、他にも色々なタイプの女子が出入りしていた。ギャルもいれば、有名国立高校の生徒も、有名私立大学の付属校の生徒も、通信制の高校生も、警察にお世話になりっぱなしの不良の子もいた。次節では店の構造とシステムをさらに細部まで記録し、そこで色々な生き方がうまれていた様を見ていくことにする。

指先からセックス

資本主義時代とブランドを逆手に取る

生脱ぎブルセラの決定的な特徴は、客と女の子たちがコミュニケーションを意図的に断絶された状態にあることだ。女子高生たちは客に指一本触れず、言葉も一切交わさず、厚い鏡(マジックミラー)を隔てたこちら側とあちら側でパンツを売る/買うという関係だけが保たれる仕掛けがつくられていた。

それは援助交際や風俗や水商売と違って、ある程度「お互い様」な関係ではない。客がマジックミラーのあちら側から私たちを、無害で無邪気な存在だと認識していたように、女の子は女の子で最小限のリスクで得をしていると感じ、傷つかない、守られている、損をしていないと感じていた。

なんと言ったって指先ひとつ客に差し出さずにセックスを売れるのだ。資本主義と時代とブランドを逆手に取って、うまくやっていると感じないわけがない。

店で商品を身に着け、値段表を安全ピンで胸にとめた後は、女の子たちは思い思いに時間をつぶし、客が来るのを待つ。約20畳ある鏡の部屋にはテレビが6台あった。うち3台はセガサターンのゲーム用、2台はそれぞれ、プレイステーション、地上波テレビ鑑賞のために置かれている。

最後の1台に映し出されるのは、店の入り口に設置された防犯カメラの映像だ。ぼんやりと映るその映像をこっそり覗けるおかげで、女の子たちは自分の親・恋人や学校の教師が万が一来店した際に姿を隠すことができる。

その実、客のプライバシーに配慮してほとんど頭上しか映らないほど高い位置に設置されていた防犯カメラの映像は、顔が判別できるほど鮮明ではなく、もっぱら女の子が出勤してくる際にわざとカメラに顔を近づけ、鏡の部屋にいる友人に合図の遊びをするためにしか使われていなかった。

それでもそれは、顔の見えない、誰だかわからない男に一方的に見られているのではない、と感じるに値する仕掛けだった。私たちにはマジックミラーのあちら側で無防備な私たちを見ているはずの男が、実は頭上から私たちに見下ろされているということのおかしみにいい気になっていた。

客が店に入るとピコピコとそれを知らせるブザーが鳴り、それを聞いた女子高生たちは鏡の前に2列にならぶ。尿が出なそう、パンツを売ったばかりでまだ体臭がついていない、などの事情があれば、値段表のその商品の部分だけ内側に折り込んで客に見えないよう準備した。

前の列の女の子は座り、後ろの列の女の子は立って、全員の顔が鏡に映る。客が入場料を支払い、マジックミラーのあちら側の部屋に入る段階になると、男性店員が「お客様が鑑賞室に入られます、女の子はマジックミラーの前に並んで自分の目をまっすぐ見てください」と放送する。

女の子たちは鏡に映る自分の目を見て、にっこり笑顔をつくる。女子高生はただでさえ1日何度もラブボートやマリークヮントの鏡で自分の顔を見つめる。鏡に映る自分の顔を見てじっとしている時間は、何の苦にもならなかった。

パンツに擬似シミ

この段階で、お気に入りの女の子や価値に見合う値段の商品を見つけられなかった客は店を後にする。ただ、試験前などでよほど女の子が少なくない限り、何も買わずに店を後にする客はあまりいなかった。数分かけて好みの女の子を見つけた客は、男性店員に女の子の番号と欲しい商品を告げ、その店員が番号を叫んで女の子を呼びに来る。

女の子たちに与えられる番号は店に登録してから卒業するまで変わらないので、自分の番号はすぐに覚えたし、店内で他の女の子の悪口などを言い合う際には隠語のようにその番号を使うこともあった。

番号が発表されると、指名された番号の女の子のみが鏡の部屋から廊下にでて、何の商品に買いが入ったのかを確認する。鑑賞のみ、あるいはブラジャー・靴下・唾液など準備のいらない商品の場合はそのまま個室に入るが、パンツや尿、ポラロイド写真などの場合は準備が必要となる。

写真はサンプルの中から客が選んだポーズで、廊下で男性店員が撮影した。パンツの場合はトイレに入り、2枚はいていているうちの、直前まで肌に触れていたほうにトイレットペーパーを使って少し尿をつけた後、今度は外側にはく。

パンツはかなりの使用感がなければいけなかった。抜き打ちで男性店員のチェックが入るため、いかにそれとわからないように化粧品でパンツのシミをつくり、巧妙に「汚れたパンツ」を作り出すかで女の子たちは知恵を絞った。

準備が整うと個室に入る。入り口にカーテンのある電話ボックスくらいの小さな部屋にマジックミラーが設置されていて、その向こうにある同じ大きさの部屋に客がいるので、当然女の子と客は話したり触れたりはできないし、女の子から客は見えないことになっていた。

実際は微妙に影が見える鏡の向こう側にむかって自分の番号とお礼を手短に述べた後、指定の商品を脱いでカゴに入れ、マジックミラーが貼られた仕切りの下にある小窓から客に渡す。唾液はその場でつばを出してフィルムケースを満たしていくのだが、これが結構難しくて、梅干しやレモンを想像する、と言っていた女の子が多かった。

尿を売る時は、空の容器をもって一度個室に入り、カーテンを開けたまま、その個室の後ろにあるもう一つの部屋に入ってスモークを貼ったガラス張りの扉を閉め、そこにある洗面器にまたがって、漏斗を使って直接容器に尿をいれた。シルエットを見せることで尿がその女の子のものであることが一目瞭然になる仕組みだ。

シルエットだけの男たち

5分間の鑑賞タイムをつければ、客はティッシュ箱をもって個室に入ることができ、1分ごとに決められたポーズをとりながら趣味や身長・体重など自己紹介をする女の子を鑑賞しながらオナニーができた。マジックミラーの向こう側で、制服を着た私たちのなんていうことない四つん這いのポーズや髪の毛をかき上げる姿を見て、客はティッシュの中に射精した。

マジックミラーにかすかに映る客のシルエットを見ていると、ついさっきまで私が履いていたルーズソックスを手を伸ばして持ち上げ、足の裏にあたる部分を顔に押し付けて「う、う」と声をもらしていた。フィルムケースに入った唾液を顔中に塗って股間をこすり続けていた。

タバコ部屋に戻るとパンツを売った場合のみ、Pチェックといってはいているパンツを男性店員に見せる決まりがあった。男性店員の趣味なんじゃないか、とクレームを申し立てる女の子がいないことはなかったが、パンツをちゃんと2枚はいていたかどうかを確認するためだ。

それが終わると女の子のバッジの裏には黄色い伝票が挟み込まれる。伝票には何をいくらで売ったかが記録されていた。

こうして女子高生たちは、断絶された鏡の向こう側の客に何かしらを売り、お金を稼いだ。生脱ぎブルセラ店は、私たち女子高生にとってたしかにお金をつくる場所であった。翌日の買い物の約束や、次の週末のデート服を用意する必要があるとき、私たちには100円のパンツを買い、それによくわからない価値を塗りつけて売る選択肢があった。

そしてその売買の場所には16～18歳の、お金をつくりたい女の子たちが集まる。1つの部屋に集まり、客の入らない暇な時間をやり過ごしたり、指名を受けた女の子が下着を脱いでいる間に悪口を言ったりする。

そうであることで、そこは、女子高生にとって、お金をつくる場所、だけではない場所にもなりえた。女子高生のたまり場、そしてそこには正体も定かではない、頭頂部の映像とシルエットだけの男たちがいる。この微妙な男とお金との関係が、そこにいる女の子たちそれぞれに色々な「立場」を与えていたのである。

女と女とミラーの中

対照的な美人JK

店の常連の女子高生に、ミハルさんとユキさんという象徴的な2人がいた。2人とも私や前々節で紹介したアユミのひとつ年上である。

ミハルさんは校則の厳しい渋谷区の女子校に通っている色白黒髪で線の細い女の子で、ファンデーションと眉毛以外はあまり化粧っけがなく、セーラー服に黒タイツやピタックス（ルーズソックスではない白のピタッとした靴下のこと）を合わせていた。

ユキさんは通信制の高校に通いながら歳をごまかして深夜キャバクラで働いたり、お見合いパブに出入りしているガングロギャルで、髪の毛は白に近い金髪だった。タイプは違えど2人とも店の中では周囲を払う美人だった。

女子高生たちがそこに集まればそこには当然、序列、ヒエラルキー、今風に言うならマウンティング、呼び方は何でもいいが、威張る人と肩身の狭い人、尊敬される人と馬鹿にされがちな人というのができる。そこに、鏡の向こうからとはいえお金という評価をもって男の視線が参加することで、その序列は複雑化する。

学年や入社年次ならぬ入店年次の序列が当然表面にあったうえで、女子たちは通常の学校やバイト先と同じように経験豊富で美しく「イケてる」者を上とする序列、店独自の客受け、つまり売り上げが高い者を良しとする序列に引き裂かれていた。ユキさんはいわば前者の頂点におり、ミハルさんは後者の頂点にいた。

当時、客受けしていた、つまりよく番号を呼ばれて安定的にお金を稼いでいたのは、黒髪や焦げ茶髪で色白、いわゆるスレッカラシの雰囲気のない女の子である。イメージ的には『BOYS BE…』（イタバシマサヒロ&玉越博幸著、講談社）の表紙の女の子や学園ドラマでソフトテニス部に入っていそうな女の子で、スタイルがよく巨乳だったり顔が可愛かったりすればなお良い。ミハルさんはそれらを兼ね備えており、売れっ子であった。

反対に、客受けが悪かったのはヤマンバギャルやヤンキーの女の子である。今でこそ「ギャル系」というのはある種の人々に郷愁を起こさせるのか、AVのジャンルなどで一定の需要を獲得しているが、当時は色が黒かったり金髪だったりするとよほどのマニア以外には受けが悪かった。

対して、当然女子たちに人気があったり一目置かれていたりするのは当時時代を席巻していたギャルであって、ある意味黒ければ黒いほど敬意をもたれる時代でもあった。ユキさんは有名な女子高生サークルのメンバーでもあり、女の子たちからの憧れの的であり、客受けはまったくしない非・売れっ子であった。

JK同士のマウンティング

一度、いつも客がそれなりに入る日であれば一度は必ず呼ばれるミハルさんの名前がなかなか呼ばれない日があった。彼女は、パンツの値段を必ず1万円にしていた。少し強気な値段設定だが、それもまた売れっ子の証である。

彼女はその日、どうしても2万円は持ち帰りたいのだ、と言った。週末にバンドのライブに行く予定で、そこに着ていく予定の服を購入する資金という。夕方までに数人の客が入っては指名をしていたが、あいにくミハルさんは指名されないまま、午後8時を過ぎた。彼女は大抵は同じく3年生のアサコさんと同じタイミングで帰宅していたが、その日はアサコさんがもう帰ると言っても、「私は残る。今日売れたいから」と誘いを断っていた。

閉店時間が近づくに連れ、焦りを感じたのか彼女は、それなりにみんなに聞こえるような声で、「私どうせブスだから売れない」「今日ギャル系好きが多すぎる」などと愚痴をこぼしだした。他にも売れていない女の子は何人かいたが、いずれもミハルさんほどの売れっ子ではなかった。

近くにいる女の子が「じゃあ値段下げてみれば」と提案しても、「どうしても下げたくないの、私変なプライドがあるから」と拒否する。

「今までずっと1万円で1日1回は大抵は売れてきたし、売れてないと思われたくない」

結局、その後も一度鑑賞タイムが入っただけで、目標額の2万円には届かないまま、帰ることになった。

次の日、ミハルさんは店には来なかったが、私は仲良しのアユミと約束もしていたので、学校が終わってすぐに、店に入った。すでにいたユキさんたちギャル系軍団がタバコ部屋で昨日の話をしていたので、私たちもそこに混ざった。

「〇〇女子のミハルさんいるじゃないですか、昨日、ずっと売れたい売れたいとか言って、私売れない売れないってすごいしつこかったんですよ。別に売れない日くらいだれでもあるじゃないですか」という女の子に対し、ユキさんが「別にあの子、普通に売れるじゃん」と答え、女の子がさらに「そう、だから自分のこと売れると思ってるんですよ、で、1日売れなかったからってすごいしつこいの。で、値段とか下げなくてプライド高くて」と言ったあたりから、まわりにいた別の女の子たちも会話に入ってきて、「白くてスカート長いからそれなりに売れるけど、別に可愛くない」「普通に外歩いてたらイモいじゃん」などと、ミハルさんについての批評が飛び交った。ユキさんは「私なんて3日連続売れなかったことあるけどね〜」などとおどけていた。

男に愛されるか、女の憧れを生きるか

その数日後にミハルさんは店にまたやってきたが、あまり他の女の子たちとは喋っておらず、それからは、「受験そろそろだから」という理由で、なんとなく店に来なくなった。彼女

の卒業式直前のタイミングで私は彼女に連絡したが、「店は辞めたつもり。割にあわない」と言って、受験が終わっても店には戻ってこなかった。

ユキさんは3年生の3月の終わりまでよく店に出入りはしていたが、読者モデルやサークルの活動、キャバクラのバイトなどで忙しいのか、長時間居座ることはなくなっていた。最後まで、時々しか売れないが女子たちには慕われている、というポジションを崩さず、卒業した。ミハルさんにとっては店に来る気がなくなるほどに、売れっ子としてのプライドは大切なものだったらしい。ユキさんは3日売れないことがあっても、自分自身が揺すぶられるようなことはなく、本当にさして気にしていない様子で、店で化粧を直したりマニキュアを塗ったりして夜遊びにでかけていた。

女子集団に、こちらからはぼんやりとしか見えないながらも男の視線が介在すること、そしてその男たちが札束でもって女の子を点数付けする状況は、私たちに、何に価値とプライドを見出して生きていくかを考える訓練をさせていた気もする。

男性に愛されるのか、女の子の憧れを生きるのか、オンナとしての自分の性を優先するのか、違う価値を優先するのか。そしてそういった問いは、卒業時にその店で10万円で売れた制服を脱ぎ、裸で社会に投げ出されてからも、何度も私たちに降りかかる。

視点をもう少し広くすれば、女の子からの尊敬や時代を生きる選択をしていたかに見えるユキさんだって、ブルセラ店に入り浸ってキャバクラでアルバイトしている時点で十分に男に対してのオンナの性を武器にしていた気もするのが興味深い。その興味深さは、キャバクラ嬢がキャバクラ嬢でありながら、女性のファッションリーダーになっていたり、Twitterやブログで女性読者の支持を圧倒的に集めている不思議さにも似ている。

男の人からの愛を求めるのか、人間としての尊敬を求めるのか、女の子たちからの憧れを求めるのか。オンナが常に直面する問題は、当然その人の仕事や稼ぎとも深く関わっている。私はそのことを渋谷の雑居ビルの中で経験的に学んだような気もする。

いずれにせよ愛も欲しいけど尊敬も欲しい、お金も欲しいけど周りとの和も大切、と常に引き裂かれる私たちの多くは、どうにも振りきれた選択をできないまま、その後もアンビバレントな態度でお金を稼いだり人を愛したりし続けている。

健やかなる時も母乳が出る時も

女はそれだけでお金になる

セックスワークはワークである、なんていうスローガンもあったが、やっぱり女の身体や存在というのはそれだけでお金を生むものである。風俗嬢の労働を軽視するつもりも、AV女優の切磋琢磨を否定する気もないのだが、それで得る報酬が、純粋に労働に対してのものだと思うのであればやはりそれは純粋すぎる勘違いであって、若さや女性であることに対して、あるいは美しかったりおっぱいが大きかったりすることに対して支払われている対価はとても大きい。

女はそれだけでお金になる。それはものすごく幸運でものすごく不幸なことである。そしてそれが若さや美しさという付加価値を背負う時、さらに大きなお金をうむということもまた、幸福であり残酷な事実だ。私たちは、自分の若く美しい肉体をいつでも資本主義的目的遂行のために使用する自由を持っており、また機会にも恵まれている。

90年代から2000年代初頭にかけて流行した女子高生のブルセラも、制服やブルマ、下着だけでなく、使用したリップクリームや生理用品、ストッキングやおしっこまでが売り物となった。女は常に、つま先から髪の先までお金にしようと思えばお金にすることができる機会と誘惑に晒《さら》されており、それをするもしないも本人の心の持ちようでしかない。

そういった誘惑に一切負けずに一貫して頭脳や技術によって、あるいは家柄や人柄によって財をなしていくのも一つの気高い女の生き様ではある。あるいは戦略的に自分の価値が高騰するまで保存し、最高値の状態で売りぬけるという生き方もまた聡明である。

それはそれで大変尊いと思うのだけど、私は逆に全ての機会に正面から突っ込んでいって、髪の先からつま先まで売り切るというのも潔く思う。全ての誘惑の先に自ら勇んで入っていき、自分の身体をグラム売りして血肉を全て自分のために使う。そこにもまた清々しい気高さを感じるのだ。

そういう意味で、自分の身体が辿る変化もその都度お金にして、母乳までもお金にしたアキちゃんの愚直さに、私はちょっと共感する。私より1つ年下のアキちゃんと私は、恵比寿《えびす》の駅前にある喫茶店で初めて会った。もう2年前のことである。

妊娠・出産をも売り物に

私は基本的に、書き手としてではなくただのトウのたったオネエちゃんとして聞いた話にしか興味がないので、取材とインタビューは一切しないで生きていこうと思っているのだが、友達に友達を紹介してもらう、ということはよくある。その日も、生活保護を受けている女の子に会いたくて、後輩の女の子に頼んでアキちゃんを紹介してもらった。彼女は当時3歳だった娘を連れていて、初めて会うぶんには全く威圧感のない、清潔で綺麗な女の子だった。

彼女はバツイチのシングルマザーで、私が会った2年前の夏頃から行政の支援を積極的に受けるようになっていた。都内のアパートに娘と二人暮らし。ホテヘルや出会い喫茶など時間に融通がきく職場に身を置いていたものの、それでも体調の不安定な子供との生活を支えるのには限界を感じ、生活保護も受けるのだと言っていた。

もともと学生時代にはラウンジでバイトし、新卒で入った美容関係の会社を退社後には地元九州のソープランドで勤務経験があった彼女は、25歳で結婚した後も、旦那に内緒でイメクラでバイトなどをしていた。

「旦那の収入だけだと、完全に私が好きなことだけに使えるオカネないでしょ。九州にいた時は実家にいて家賃もかからず収入は60万円とか。最初、結婚してるしクレープ屋とかでバイトしてみたけど、オカネにならなすぎて。もともと美容の仕事もしてたし、しみったれたくないし、キャバクラだとヘアセットとかで旦那にバレるだろうし、そもそも旦那が仕事してる昼間に稼ぎたかったし。で、イメクラ」

25歳若妻、顔のポテンシャルもそこそこ高く、ラウンジで男を喜ばせる話術も身につけていたアキちゃんには、イメクラの仕事は結構ちょろかった。1日の平均の稼ぎは短時間の待機で約5万円。生理休みをとったとしても、週に3回出勤すれば月に40万円を超える。旦那が基本的な生活費を負担している状況で、その収入はなかなかおいしい。

「子供欲しかったし、でも私は母親と折り合いが悪いから、よくあるみたいに地元で産んで、実家からも援助してもらって、っていう選択肢がないでしょ？　でも生まれてくる赤ちゃんを、旦那の安月給だけで育つ惨めな赤ちゃんにしたくないじゃない」

彼女は程なくして妊娠。子供に存分な愛情とお金をかけたかったので、真剣に稼ごうと妊婦専門の風俗店に行った。マニアックな店だが、人生のうち何度も訪れるわけでもない妊娠時期を捧げる女性が少ないため希少価値があり、イメクラよりも安定して稼げた。今しか勤められない店、と思うとちょっと無理をしても出勤する気になる。ちょうどその頃、旦那のDVにうんざりして離婚を意識するようになる。

無事にぎゃんぎゃん泣く元気な女の子を出産した後、今度は母乳マニア向けの風俗店に移籍。妊娠を余すところなくお金に変えた彼女は、今度は赤ちゃんのための母乳の余剰分をおじさんのために提供して、こちらも無駄にすることなくお金に変えることに成功、月収は80万円と高収入女子になっていた。

旦那の稼ぎをあてにすることなく赤ちゃんには存分にベビーシッターや高級なお洋服などの投資をしてあげられたし、離婚もできた。

女の身体は売っても売っても手元に残る

彼女の話は淡々としていて聞き取りやすく、ユーモアに溢れている。一度、どれくらい稼いで何に使ってるか、表にしてみてよ、と気軽に頼んだが、収支の差に50万円くらいあって、2人で笑った。美容に6万、服に3万、子供に5万、食費（過食嘔吐含む）に15万、よくわからない支出20万。

「一番仕事頑張って稼げてたのが母乳風俗時代だな。それからも、月収80万円の時に子供にしてあげたことを全部諦めるのは嫌だし、1本だけAV出たりソープやったりしたけど、結局キャッシュフローが回ってなくて、カードのキャッシングがパンパンになったり。でも母乳店はもう働けないわけだし、お客さんに部屋借りてもらってなんとかやってきたけど、私の摂食障害のせいで食費は15万円以上かかるし、結構厳しい」

学生時代には若さと美しさを、地元では有り余る時間と若い身体を、妊娠前は若妻のウブな爽やかさを、妊娠時は妊婦姿を、出産後は母乳を、余すところなく売りさばいてきた彼女は、結果的に時間や若さ、もちろん母乳などの資本・売り物を失い、現在の生活はやや行き詰まり感がある。DVや客のストーカー化などを受けて疲労した精神はひたすらコンビニで大量のお菓子やサンドイッチを買いまくって食べまくって吐きまくるみたいなお金のかかるものに化けている。

因果応報なんて思わないが、色々不運な事件もあり、つま先までお金に化けていたはずの彼女の身体は、今はお金をほとんど生まないものになっている。ただ、少なくとも彼女がその気高い精神によって惜しみなく赤ちゃんに与え、残りは最後の一滴まで売り切った母乳は、ツルツルの肌の可愛い服を着た娘の血肉になっている。

そしてさらに心強いのは、今でもどうしてもお金が必要な時には、まだまだそこそこ若い身体を持った女として、お客を取ることもまた可能なのである。そりゃそうだ。男がお金に困って臓器を売るのとはだいぶわけが違う。母乳はおじさんの顔にかけようがおじさんに吸われようが翌日にはパンパンにまた製造されるし、女の身体は売っても売っても手元に残る。

絶対に女のほうが面白い。私は、自分ですら触りたくない使用済みタンポンをマジックミラーの後ろ側にいる顔の見えないおじさんに売っていた頃にぼんやりと思ったことを確信した。アキちゃんの生き様も、そう確信させるに足るものである。

第4章

浪費という快楽

貯金魔の傾向は男女で違う

貯金魔というのは老若男女どこの世界にもいて、ケチな人というのもどこにでもいる。よく言えば堅実。男の貯金魔、守銭奴、ケチ、堅実という人で最も多いパターンが大手企業に勤めてギリギリ30代のうちに家を建てるタイプで、そういう人はそれなりに高い服を着ていたりたまに旅行に行ったりはするが、ものすごく必要にかられないと人に奢ったりはしないし、旅行先でうっかり財布の紐が緩んだりもしない。1つお気に入りの高い時計を買ったりはするが、飲み会の割り勘などには細かく、キャバクラやギャンブルにはもちろん縁がない。仲間内の評判は、「●山さんって関西出身だからか、ちょっと商売人っぽいケチさがあるんだよね」。

対して、こちらはどちらかというと女性に多いのが、別に家を建てるわけでもなくそもそも節約が好きだったり、通帳の金額が増えていくのが好きだったりする人で、極端な女貯金魔については後ほど本書で取り上げる（162P参照）。彼女のように極端に「貯めるのが好き」というタイプもいれば、お金が貯まっていく様子そのものよりも、節約が趣味というタイプもいて、服のリメイクや使わなくなったものを再利用したお掃除グッズをわざわざSNSで紹介したり、トイレのタンクにペットボトルを入れ窓に目張りして水道代や光熱費を浮かせたりするのがそのタイプである。

男のケチや貯金魔が何か壮大な人生設計や大きな買い物のために他を圧縮し、オンナの守銭奴はお金そのものやそれを使用しないことを楽しむ、というのはしかし、ただの傾向であって別に確固とした法則ではない。壮大なもののために貯金をするのが好きな女だってもちろんいるのだが、音楽留学費用など夢を叶えるために水商売や風俗を始めた、という女の子の多くは、経過としての仕事の世界でいつしか今を生きるようになり、ただの夢のための一歩と思っていたはずが立派なホステスや風俗嬢になっていることが多いのもまた一つの真実である。

私自身は未来なんていう、来るかどうかも不確かなものに投資し、そのために今を節制の期間とするよりは、未来を若干疎《おろそ》かにしつつも今目の前にある幸せを我慢しないタイプなので、そういう人たちの気持ちはものすごくよくわかる。

ただ、その男女の傾向や、今を生きがちな女の子の習性を超えて、女性であっても「●●のためにお金を貯める」というのが好きという人ももちろんいる。私のキャバクラの同僚であったマリアちゃんというのがまさにそういうタイプだった。ただし、それは25年ローンで家を建てたり、広尾にマンションを買ったりするサラリーマンの規模を縮図にしたような形ではあるのだが。

メンズライクな100万円貯め子ちゃん

マリアちゃんは変わっていて、そもそも六本木のキャバクラに初めて入店した時の動機が、「普通のバイト代ではちょっと手が出ない高価な釣り具を買うため」というものだった。本格的な釣りが趣味のキャバ嬢というのも変わっている。釣り道具や釣り堀や一本釣りというのを私たち夜のお姉さんが使うのはもっぱら比喩表現としてなのであって、実際に防波堤や釣り船で魚をとる人は少ない。また、店、同僚、お客に一貫してはっきりと示す入店動機があるというのも珍しい。水商売や風俗の第一歩の動機なんていうものは半分が「なんとなく」、半分が人にあまり言えない理由であるがゆえに相対する人によって言うことがぶれる。

マリアちゃんは入店当時、もちろんガラケーだった携帯電話の待ち受け画面を釣り上げた雷魚にしていた。そして、次にお給料が入ったら4万5000円の高級竿を買うだとか、中国地方に釣りの旅に出るだとか具体的な目標を示し、そのためには諸々考えると100万円くらいいるのだと言って仕事に精を出していた。彼女のキャバクラでの時給は5500円で、音楽関係と言っていた昼職との兼業と考えればそれほど悪くはなかったし、生活費や家賃は当然元々あった昼職の収入で賄えていたため、4ヵ月ほどお給料をもらうと、欲しいと思っていた高級な釣り具や旅行の費用はほぼ全て揃ったようだった。

なぜか入店して3ヵ月目、彼女の水商売動機は、100万円近くもするハーレーを買うことにすり替わっていた。正直、釣りと同様バイクにも全く興味がなかった私は、彼女の語ったハーレーの素晴らしさと性能、ロマンなどについては全て聞いているフリをして聞き流していたので、何がすごかったのかは全く記憶がないが、とにかく彼女が買おうとしている1000ccは何かしらがすごいらしく、彼女は免許取得費用とバイク購入のために「オカネ貯めているから」と、同じ店のキャスト同士でうどんを食べにいくことすら断るストイックな生活をしていた。

彼女が入店して半年、私が店を辞めた頃には彼女はハーレーに乗るのに必要らしき免許はすでに取得していたが、まだハーレー貯金を完了してはいなかった。程なくして本当にバイクを手に入れ、跨《また》がった写真を送ってきた。その写真が海の近くで撮られていたため、私はなんとなく、釣りや海辺のツーリングなど、海に関わっているのが好きなのかな、と思ったのだが、実はその頃には彼女はほとんど釣りに行かなくなっていて、かつて寝る間を惜しんで働くほど欲しかったと思われる高級釣り具は家の倉庫で眠っているのだと言っていた。

実は、私が店を辞めて程なくして彼女もその店を辞め、「もう少し時間の融通がきくから」という理由で新宿区内にある性感マッサージに転職していた。彼女の昼の仕事についてあまり詳しく知らないのだが、元々はどうやら小さなライブハウスのブッキングの見習いのようなことをしており、その縁があってとある人気インディーズバンドのツアーについていったりマネジャー的な役割をしたりする仕事を始めたらしく、キャバクラの営業時間に副業に勤しむのが難しくなったのだという。

服や自宅が質素な彼女はすでにハーレーも免許も手にしていたので、時間に無理があるバイトを辞めてもいいような気が私はしたのだけど、彼女曰《いわ》く、「都心から遠くてもいいからなんとか一軒家を友人とシェアで借りたい。物件の目処《めど》が立っていて、家賃も大したことはないのだけど、引っ越しでまとまった資金がいる」とのことだった。そして粘膜接触がないというマッサージ店で29歳の時に初めて風俗で働き出し、程なくして本当に小岩《こいわ》の一軒家に引っ越した。家賃は友人２人と出し合うため６万円弱と安かったが、初期費用や家具などを揃えるのは言い出しっぺの彼女の負担が多く、結局70万円くらい貯めてからの引っ越しとなったらしい。

数ヵ月で１００万円貯め一気に使う

マリアちゃんは無駄遣いが嫌いだった。というより、彼女は細かいムダ金を使うのが嫌いで、タクシーに乗らずに歩き、自分からかけて長電話は絶対にせず、スーパーで買ったほうが安いものをコンビニで買うことはなかった。友達と買い物に行ってついつい買いすぎてしまうような迂闊《うかつ》なところもなく、かといって別に貧乏くさい服を着ている訳ではない。ギャンブルやホストクラブなどは、毛嫌いしていた。性感マッサージ店に1年ほど在籍した彼女は、その後も中野のスナックに勤めてみたり、再び別の回春マッサージやM性感を探したりと、何かと忙しく過ごしているようだった。

「もともと、高校とか大学の時から、友達とお茶飲むとか服買いに行くとか、そういうことは楽しいとは思ってなかった。整形するために２００万円貯めるとか、そこからさらに豊胸するのにいくら、輪郭変えるのにいくら、とか貯める人はかっこいい。だから、女子大生よりは風俗嬢と仲良くなった」

彼女は大体いつも数ヵ月で１００万円くらいを賢く貯める。そしてそれを一気に使う。そしてその次にものすごくタイミングよく、大体１００万円くらいの費用が必要な目標や趣味を設定し直し、また一から１００万円貯める。貯まれば、そこはケチることなくしっかりお金を使う。その様子は堅実にお金を貯めて30代で家を買い、またコツコツと子供達の大学の学費を貯金し、次は老後の貯金をする堅実型サラリーマン的である。ただ、ものすごくスパンが短いけれど。

そして、釣り関連に１００万円近くもつぎ込んだと思えば、興味を失い、結果的にやや高価なガラクタが家の中に増えていく。その様はついついお買い物でその時好きなブランドの服などを買い、服の好みが変わったとかいう理由で家が古着屋状態になるギャル達にも似ている。ただし、１つの買い物の額が異様に高い。

彼女のそのとても男性的でありながら女性的でもある散財の仕方を見ていると、きちんともしていたいけど刹那的でもありたいだとか、社会組織の中にいたいけど自由でもいたい、貯まっていくのも楽しいけど消費も楽しいだとかいう悩ましいアンチノミーを感じて私はそれがとても好きだった。女性的なもの、という価値観が崩れ去るわけでもなく、男と同等に生きるようにも教えられた私たちに、その二面性は妙に突き刺さる。

廉価版ショッピングの女王

身近で安易でスリルと幸福感を得られる行為

ミサトさんというのは7年ほど前に歌舞伎町のキャバクラで働いていた当時31歳のおねえさんで、特別美人というわけではなかったが、ものすごく痩せていて髪の毛がつやつやだったので、シルエットとしては結構いい女に見える、というタイプだった。その店はバイトのボーイを除くと、店長、副店長2人、マネジャー2人がいたのだが、その中で抜群にセックスアピールのない、いわばおばさんのような見た目の、小太り男が店長で、ミサトさんはその店長の女であるというのは私がそこそこ仲の良かったボーイから仕入れた多分確かな情報である。

なぜ彼女のことを急に思い出したかというと、先日、深夜に新大久保職安通りのドン・キホーテに行ったら、かつてのミサトさんとそっくりな人を見つけたからです。ほろ酔いで1人でふらふら入ってきたその人は、化粧品コーナーや部屋着やパジャマのコーナーを徘徊しながら、ぼかすかと商品を買い物かごに入れ、時々立ち止まったりしゃがんだりして商品と睨《にら》み合い、困ったような顔をして、結局その商品もカゴに入れる。ドンキのあのおなじみの買い物カゴがいっぱいになったところでふらふらとレジに向かっていった。

その人は、たまたま背格好やヘアメイクがミサトさんに似ていたのだが、行動自体は、深夜の量販店などではそれなりにある光景である。酔って気が大きくなり、平気で声を荒らげたり、普段気が弱いくせに喧嘩っ早くなったりする男たちを、私たちは冷笑的に見ている。路上に止まっている自転車をなぎ倒し、口汚く部下を罵《ののし》る。普段の臆病っぷりが際立ち、本性を見せているのだ、と自らの評判を落とすだけでなく、人に迷惑もかけっぱなしである。

対して、女の子がお酒を飲んでする行動と言えば泣きながらの恋バナ、無駄なセックス、それと見境のない買い物くらいだ。普段なら良識や貞操観念などできく歯止めがきかなくなり、タガが外れたように泣いたり、うっかり好きでもない人とホテルに行ったりする。買い物についても、通常であればそれなりに欲しいものであっても、買ったところで使わないかもしれない、でも欲しい、しかしこれを買ったら月末のやりくりが苦しい、でも可愛い、ただ似合わなそうである、と何度も考えを反芻《はんすう》して買うか買わないか決めるのだが、酔っているとその反芻作業が抜け落ちることが多い。

そもそも買い物というのは、拳で殴り合ったり賭博《とばく》でヒヤヒヤしたりすることが相対的に少ない女の子にとって、最も身近で最も安易にスリルと幸福感を得られる行為であるのは間違いない。買うか買わないか選択を迫られ、買った時の気持ちの高揚と引き換えにいくばくかの財産を削り取られる。ちょっとした罪悪感と後悔、いい女になるための道具を得られた喜び、先ほどまでは人のものだった商品が自分のものになるときめきなど複数の感情が入り混じる。毎日のように新商品が発売され、ちょっと歩けばキラキラで素敵で可愛いものが溢れている東京のような街では、そんなドラマチックな状況が簡単に生まれる。

ミサトさんもまた、買い物によって自分の日常をドラマチックに補完したいと思う女の人であった。ただ、基本的にそれほど稼ぎがいいわけでもなく、年齢も年齢で、質素な生活をしていた彼女は、普段はそれほど大それた買い物をすることがなく過ごし、仕事帰りの深夜、少し酔っている状態でのみ、その願望が急に垂れ流しになり、スリルと幸福感を反芻することすらなく手が伸びるという状態になっていたのである。

コンビニで1回6000円の買い物

ミサトさんの異常な買い物癖は、同じように店の送りの車を使っている女の子たちの間ではちょっとしたネタになるほど有名だった。そのキャバクラの入っているビルのすぐ隣にコンビニエンスストアがあり、ミサトさんは時に送りの車をちょっと待たせながらでも、そのコンビニで毎日大量の買い物をしていた。

とある日の、彼女の買い物の内容はこうである。

女性ファッション誌2冊、限定デザインのボックスティッシュ2箱、旅行用ミニサイズのシャンプーセット、ほんのり色づく香り付きリップクリーム、普通の保湿用リップクリーム、拭き取りタイプのメイク落とし、ネイル用リムーバー、サンドイッチ、パックのジュース2つ、ペットボトルのお茶、ゆで卵、美容に良いという触れ込みのグミ、フルーツグラノーラ、納豆、タバコ3箱。会計は約6000円。

それほど売り上げがあったわけでも、若く可愛らしかったわけでも、モデル活動をしていたわけでもない彼女の時給は当時4500円で、歌舞伎町ではかなり低めだった。さらに、彼女は日常的に一部の給与を日払いで受け取っていた。21時から25時まで出勤して単純計算で1日の給与は1万8000円、厚生費やヘアメイク代を引き、1日の日払いの限度額である1万円を毎日受け取っていると、月末締めとなる1ヵ月の給与は15万円程度だった。家賃13万円と光熱費を払えば消えてしまう。

日払いの金額は毎日のコンビニ、時にはドン・キホーテや24時間営業のブックオフ、たまに同僚と立ち寄るうどん屋やラーメン屋に消えていた。

「韓国みたいに、深夜に109みたいなファッションビルとか毛皮デパートがやってなくて本当に良かったよね。もしやってたら私破産してる」

と笑うミサトさんであったが、おそらくファッションビルが開いていても開いていなくても彼女の状況はあまり変わっていなかったように私は思う。

毎月10日にキャバクラの給料が渡される日など、まとまったお金が手元にある日、彼女は深夜も営業している店の近くのドレス屋に行って店内用のドレスを急に3〜4着まとめ買いしたり、ドン・キホーテのブランド品のフロアで何か物色しだしたり、ドラッグストアで基礎化粧品のまとめ買いをする。1万円の日払いしかない日は大抵はコンビニとせいぜいブックオフ止まり。遅刻などの理由で5000円しか日払いが受けられなかった日や、当欠の罰則で日払いがなかった日は、手持ちの数千円をコンビニで散財するか、100円ショップで大量の買い物をする。

ずっと水商売のみで生活し、店長と付き合って半同棲状態の彼女は、クレジットカードを持たなかったため、手持ちの現金が尽きてしまえばタクシーすら乗ることができない。彼女は酔っていると、ほとんど思考停止状態で店で目についたものをカゴに入れる癖があったものの、酔っていても最後の理性で散財する場所を選んではいるようだった。見境なく商品をカゴに入れても、なんとか現金で支払えるような店を選んで爆買いする彼女は、逆に言えば破産寸前のところで持ちこたえるため、生活は見直されないままに続いていく。

微妙に残る理性

彼女がいつも持っていたヴィトンの大きなバッグの中を見ると、用途のわからない美容グッズやサプリメント、化粧道具、ボディスプレーなどが雑然と入っていた。店長が登場しても嫌だし、彼女の家に遊びに行ったことはないのだが、時々見せてくれるペットの猫の写真や自撮り画像を見る限り、そのバッグの拡大版のような部屋に住んでいるのが容易に想像できた。

「私多分オカネ全然なくても生活はできるんだよね。家賃も場所からしたら安いし、光熱費も最低限だし、店は電車で行って送りで帰ってくるし、あんまり食べないから同伴とかあれば1日1食でいいし」

という彼女の言葉はおそらく真実であろうと思う。彼女のお給料のうち、必要経費に使われているのはほんのわずかで、給料全額からそれを引いたら十分に貯金や行楽費が残る。

しかし、彼女は自分が破産寸前になるまでコンビニや100円ショップの商品をカゴに入れてしまう。当然、必要なものなどそのうちの1割にも満たないし、欲しいものすらほとんどない。かなりギリギリの生活ではあっても、少し延滞をしながら家賃や光熱費、携帯料金を捻出するため、完全な破綻までたどり着かない。

買い物依存症を究極の自傷行為だと言った女性作家がいた。ミサトさんもシャネルやボッテガでバカ買いすれば破綻はすぐそこにあるのだが、微妙に残る理性のせいで超低空飛行を続けており、また散財する店の性格によって、クレジットや複数回払い、売り掛けなどのサイクルには陥っていない。

ミサトさんは「あー、可愛いって思って、悩まずにすぐにレジに持っていけるのって気持ちいいよね。あれもこれもって買いまくってるとすごい楽しい」と言っていた。目についたものを悩むことなくカゴに入れ、次に目についたものも躊躇なく手に入れる。欲しいものがなんでも手に入るような、その万能感を得るために彼女は36歳まで歌舞伎町で働いていた。

風俗嬢はなぜホストと整形にハマるのか

見知らぬオヤジに乳首を吸われるというのはよほど変わった性癖かトラウマでもない限り、控えめに言ってもかなり気持ちの悪い行為なので、それなりのモチベーションや対価がなければ、それを継続的にやろうという人はなかなかいない。フードルやアイドルAV女優を夢見て「今の自分とは違う自分になれる」「特別な存在になれる」というそこはかとない期待もモチベーションの一つであるが、やはりメジャーな直接的動機は支払われる対価、つまりお金である。

「股開いて高額もらえるのだから女はいいね」なんていう言説に対して、稀に風俗嬢やその支援者などから風俗は立派な労働であり、ものすごい重労働である、だから報酬も大きいなんていう脇の甘い反論を聞くことがあるが、報酬は別に労働が重いか軽いかというより女の子の供給とのバランスで決まっているのであまり関係がない。重労働で月給20万円であってもアパレル店員になりたい、という女の子はいるし、ギャラ5000円でいいから青年誌のグラビアを飾りたいという女の子もいるが、日給50000円でも乳首を舐められたいという女の子は限りなく少ない。ただ、日給10万円だったらやりたいという女の子はそこそこいる、そういうことである。日給10万円でも絶対やりたくないという女の子のほうが多いし、日給10万円でもできればやりたくないというのが大半の総意ではあるが。

で、面白いのが入り口ではその日給10万円が独立した動機として成立することが多いが、継続する動機は日給10万円それだけでは成立しないということである。簡単に言うと「特にお金に困ってはいないしものすごく欲しいものがあるわけでもないけど日給10万円もらえるならデリヘルやってみよっかな」というノリの人間はごまんといる。しかし、高額な報酬それだけで何年も継続しているのかというと話は別で、多くが風俗嬢を始めてから、いい塩梅《あんばい》でお金を注ぎ込める対象を見つけ、そのために継続するという場合がものすごく多い。そうでなければ風俗嬢の貯金なんて軒並み数千万あってもおかしくないのである。

例えば歌舞伎町のホストクラブの客には圧倒的に風俗で働いている女の子が多いが、世間的にイメージされるように、あるいはどこぞの大女優の娘がわかりやすく実践して見せてくれたように「ホストにハマったから風俗嬢になった」という子はどちらかといえば少数で、「風俗嬢になったからホストにハマった」という子のほうが多い。そもそもキャバクラと違ってホストクラブなんていうのは日本のメジャーな遊び場ではないし、物理的にもイメージ的にも初回のハードルは高いので、夜業界に足でも突っ込んでいない限りなかなか行こうとは思わない。風俗に入ってから行くぶんには、ちょうどシャンパン1本の料金が90分1本の手取り金額と同じだったりして、いい塩梅、つまり働き続けなければ行けないけれど頑張って働けば相当楽しめる、という具合にお金を注ぎ込む対象となる。

オヤジに乳首を舐められ続けるに値するほどの対象は継続的に、そして半永久的になくてはならない。そしていくらでもお金を吸い込む機能がなくてはならない。ブランド品や高額なアニメの原画などのマニア向け商品もそれになり得るが、ある程度稼げば手に入ってしまい、また数限りあるという点ではやや役不足である。圧倒的に存在感を示すのが、人の心や権利を手に入れられるというふれこみのホストクラブや、コンプレックスの源泉を取り除けるというふれこみの整形手術であるのは納得がいく。

上記2つを私は風俗嬢の供給を支える二本柱だと思っている。その2つほど存在感があるわけではないが、一定の割合で必ず出会うもう一つの注ぎ込み先は、パチンコやインターネットカジノなどのギャンブルである。

パチンコ依存症だけが残った

ギャンブル大好き風俗嬢のワカコちゃんと私は、丸裸で出会った。別に赤裸々とか隠し事なしとか比喩的な意味での裸ではなく、文字通り素っ裸でシャワーを浴びながら喋った。AVの撮影現場でのことである。彼女は綺麗な白い肌に小顔で美人だったが、雑誌やテレビはもちろん、AVのパッケージなどにも顔が出せないパブNGだらけちゃんだったので、企画AV女優の中でも単価が非常に低いエキストラ女優としてその場にいた。私もまた単体契約はとっくに切れた企画単体の身であった。

その日の撮影はスタジオではなくラブホテルの部屋を借りておこなわれていて、撮影に使う大きな部屋とは別のメイクさんがいる比較的小さな部屋のお風呂場に、私とワカコちゃんは居合わせた。共演であっても、女優同士が一緒にシャワーを浴びることは少ないが、なぜか私たちは同じタイミングで自分らの身体についたローションを洗い流しており、彼女は私の背中をボディソープのついた手で擦ってくれもした。人見知りだったり無愛想だったり、あるいは気を使いすぎてあまり喋らない嬢たちも多い中、彼女は初めからタメ口でベラベラ喋るタイプで、どちらかというと無愛想だった私もつられてお互いきゃっきゃと喋っていた。

私は他のシーンの撮影が控えていたのでさっさとシャワーを終えてメイクに取り掛からなければならなかったのだが、ワカコちゃんはもうほとんど出番を終えていたため、念入りにシャワーを浴びていた。ボディソープをお腹のあたりによくつけた後、「見てこれ」といって頼んでもいないのに彼女は自分の妊娠線を私に見せてきた。聞けば彼女はシングルマザーだった。

「2年くらい結婚していたけど、旦那は働かないし、自分のオカネは最後の1円まで自分のためにしか使いたくないって人だし、結局うちの親とかもすごい嫌ってて離婚した」

そんな話を聞いても私は、じゃあ1人で子供を育てるためにエキストラ女優やら風俗やらを頑張っているのだろうな、としか思わなかったのだが、すっかり仲良くなって新宿でロケバスを降りてからも喋り続け、ご飯まで一緒に食べる頃になるとすっかり彼女の印象は変わった。

彼女は手を微妙な位置でものをつかむような形にして手首をクイッとひねり、「これでオカネ使っちゃうの」と言っていた。ギャンブルにさほど興味のない私は、それがパチンコのハンドルを回す操作だと瞬時にはわからなかった。

「元旦那と結婚前も2年ちょい同棲してたんだけど、ほぼ毎日パチンコで。うちもやったことあったけど、それまではそんなに毎日やってなかった。でも一緒行くうちに生活の一部みたいになってて、旦那は結構勝つんだよ、月にしたらプラス10万とか20万とか。私のほうが博打《ばくち》の運はない。で、子供産まれても結局あんまり変わらなくて、一緒に日々行ってて、離婚したけど、旦那が残していったのって、私のパチンコ依存症だけ」

彼女の話し方は暗すぎず明るすぎず、仲の良い友達とだらだらおしゃべりをするような口調で、その日に会ったばかりの私に対してもかなりぶっちゃけたお金の話をしてきた。彼女のその日のギャラは5万円で、パッケージで顔を晒す私の10分の1。その代わり彼女は赤坂に事務所があるデリヘルにも勤務しており、どちらかというとそちらの収入がメインとなっているらしかった。デリヘルが風俗業界の主流になりだした直後の頃で、彼女の取り分は60分2万円。ひっきりなしに電話は鳴るのだと言っていた。

そもそも美容師の資格を持っている彼女は、美容院に勤めながら子供を育てるつもりだったらしいが、毎月の給料から子供や自分に充分なものを買って、さらにパチンコで遊ぶお金まで捻出するのは難しかった。結局、面接だけいくつか受けたものの、美容院には勤めずにとりあえず店舗型のヘルスで時々働きつつ、実家と自分のアパートを行き来して子育てする道を選んだ。旦那と結婚していた時も、実はたまにヘルスに出勤していたらしく、それほど抵抗もなかった。

私はブランド品や化粧品、ホストに美容など一通り馬鹿みたいにお金を使ったことはあったが、ギャンブル関係は全くの無縁だったので、興味があって彼女に色々と聞いた。パチンコはなるべく1日に突っ込む上限の額を5万円までにしているが、超えてしまうこともある。競艇は、好きな友達がいるから何度か行ったが帰りの交通費までなくなってしまったこともある。

箱型のヘルスの収入がおぼつかず、AVとデリヘルに主戦場を移してから、さらに羽振りがよくなり、パチンコに使える額も増えた。

「今は彼氏が横浜にいて。もともとお客さんでデリで呼んでくれた人。うちが東横線沿いだから方面も近いし、子供も会ってる。でも基本的には泊まりに行くときは子供は実家に預ける。で、彼は全然パチンコやらなくてカジノ。違法だよ。バカラばっかりやってる」

彼女もまた、それまで基本的にはパチンコ一色だったギャンブルライフにバカラ賭博で新しい風を入れようとしていた。子供を保育園に預けている間は、ギャンブルをしているかデリヘルで待機しているかのどちらかなのだと言っていた。

子供と景品のお菓子を分け合う

男のギャンブル狂は、始めた当初に大勝ちしたおいしい経験が忘れられずにハマり、負けを取り戻そうとより一層深みにハマる、という経験談や法則をよく聞く。負ければ負けたぶんだけやめられなくなる。どこかのタイミングで大勝ちして、負けを取り戻してからやめようと思うが、大勝ちするとまたやめられなくなる。

ワカコちゃんは、博打好きな割には博打運に乏しく、月ごとのトータルでプラスになることはないようだった。月の収入は良ければ50万円近く、少なくとも30万円はあったが、それなりに勝つことがあっても半分はパチンコ台に吸われていた。別にパチンコをやり始めた当初、ものすごく大勝ちした経験があるわけでもなかった。

「一番勝った時で10万とか。そもそも23時まではできないから、保育園もあるし。取り戻したいとかオカネないと困るみたいなヒリヒリ感もなくはないけど、うちの場合は雰囲気が好き。人間観察も。あとはめっちゃ出不精だから、座ってるだけでいいのが、いい」

雰囲気が好きなだけならお金を突っ込まなくともいいような気がするが、彼女はアパートの鍵の修理やエアコン代と言って親から借りた10万円を握りしめてパチンコ屋に走るくらいには、そこでのお金遊びにハマっていた。子供にかかるお金など実はそれほど高額なわけではなく、実家の母親がそれなりに支援してくれている状況下で、美容の仕事でやっていくことは不可能ではないような気はした。

でも彼女は、値段が決まっておらず、稼いだら稼いだぶんだけ吸い込んでくれるパチンコ台に日々向き合うことで、当分はエロ業界に止《とど》まる動機を得ているようだった。彼女の語るパチンコの魅力は私には全くわからなかったが、彼女の子供は彼女がよく持って帰る景品のお菓子が好物で、とりあえずは丈夫に育っているのだと言っていた。アパートでポッキーやグミを子供と分け合う彼女の姿を想像すると、それと完全に分離された、ガンガンうるさい音楽とジャラジャラした音の空間は、確かにそれなりに心地よい場所なのかもしれない。

「入って、台に座ってオカネ入れて、最初の、すんっていう一捻りみたいなのが、好きなんだよね」

風俗から失われた「場」

2000年代の開業ブームを経て、一気に風俗業界の圧倒的シェアを誇る存在となった無店舗型風俗店、いわゆるデリヘル・ホテヘルは、できては潰れる競争の厳しい状況ではあるものの、女性からは依然として最も気軽に働ける風俗店として人気を誇る。店舗の多さ（ソープや箱ヘルのそれぞれ10倍近い規模）に加えて、一部繁華街に集中的にある店舗型風俗店に比べて各地のマンションやビル内に事務所を構えるため、物理的に気軽であることは間違いない。

多くのデリヘル店は、ソープランドなどで実施されているような大掛かりな研修などが用意されておらず、非本番型であるために性病検査も任意なことが多い。また、部屋数や営業時間など物理的な制限がないため、店舗型風俗店に比べて圧倒的に出勤の自由度が高い。電話やメール1本で出勤・欠勤の連絡ができる場合も多く、週に何日以上など出勤日数の規定がないため、暇な週末だけ、長期休みの時だけ、子供が預けられた時だけ、お金が必要になった時だけ、といった不定期の勤務が可能で、登録だけして実際はほとんど出勤していないという女性も相当数いる。この出勤の自由度は夜・昼問わず他の職種ではなかなか望めないもので、これを何よりのメリットと考える女性も少なくない。

また、店舗が多いゆえに価格帯も大変幅広く、超格安で回転のいい店から、回転率は悪いが1本の手取りが超高額の店もあり、非本番であるにもかかわらず高額な価格設定の店ではソープランドよりも手取りが多い場合もある。もちろん全ての店の全てのキャストが稼げているわけではないどころか、高級店・大衆店問わず、安定して賑わっているのはごく一部の流行店であり、他は客の入りの波があまりに不安定で、「3日連続お茶（稼ぎゼロ）」ということを聞くのも珍しくない。

何れにしても専業・兼業を問わず、多くのキャストを抱えるデリヘル店だが、この業態が主流となったことで、風俗から確実に失われつつあるものが「場」である。歓楽街にある風俗店の1室であっても、都心のラグジュアリーホテルの客室であっても、サービスの内容に大きな差はないが、場所は全然違う。また、働く場所が規定されないことに加え、店側が用意する待機場所だけでなく自宅待機や車待機、喫茶店や漫画喫茶での待機など、接客中以外の女性の居場所も多様であり、デリヘルは無形と言える。

歓楽街に入り雑居ビルに入り風俗店に入るというプロセスがなくなった。女性は風俗嬢しか入らないプレイルームに入ることがなくなった。毎日同じ場所に通うこともなくなり、接客の合間にキャスト同士で話したり、隣のプレイルームから聞こえてくる同僚の喘ぎ声を聞いたりすることもない。その代わりに彼女たちがいる「場」は、車の中や道路やラブホテル、マンション、シティホテルなど、普通に生活している人が当たり前にいる場所になった。

女性同士の関わりがなくなって気楽になったという人もいれば、寂しくなったという人もいる。小汚い雑居ビルの風俗店には興味がないが、ラグジュアリーホテルをハシゴする高級デリヘルの仕事は好きという人もいる。待機場所が自宅になったことで時間を有効活用できるようになったという人もいるし、仕事中という意識がなくなった人もいる。そして、そのごく一般的な場所で、仕事の合間に浪費を続ける人もいる。

時間制限がある待機中が燃える

迎えなし、送りあり、最初の予約の時間に合わせて渋谷駅集合、2時間以内に次の予約がある場合は車待機、予約がなく、まだ予約が受けられる場合は渋谷エリアの待機用マンションもしくはその付近徒歩10分以内の場所で待機、手取りバックは店舗Aで受けた仕事は60分1万8000円・店舗Bで受けた仕事は60分2万円(同じ業者が2つのホームページを管理しており、違う源氏名で二重登録されるシステム)、雑費なしの代わりにタオルなどの備品もなし、コンドームとウエットトラスト(女性用潤滑ジェル)とイソジンは無料で支給。

カナメさんという30歳の女の子が教えてくれた当時の彼女の職場の条件である。ちなみに彼女の勤める店はDCや本デリと呼ばれる無店舗型の業態で、ほとんどデリヘルと変わらないのだが、暗黙の了解で本番が認められているとのことだった。もともと横浜にある普通のデリヘル店に勤めていたのだが、渋谷の道玄坂で知り合ったスカウトに移籍を相談し、その店に勤めることにした。

本番行為をしてもいい、というのはスカウトが教えてくれたのみで、店では明確な説明があったわけでもなく、簡単な登録シートの記入や車との合流場所、連絡の仕方などの説明を受けた後、面接に出向いた当日から3組の客をつけてくれたらしい。

「どうせ、デリでも半分以上の客がプラス1万とか5000円とかで本番交渉してくるし、高いデリヘルだと本番有りだと思いこんでる客が多いって聞くから、どっちでもよかった。待機場所が自由なのが良かった。横浜のデリは一応、マンションの中に待機場所があったけど、雰囲気悪くて駄々《だだ》こねてる女の子とか見てイライラしてた。ずっとモンスト（携帯ゲーム）してた」

そう言う彼女は、今の店に移籍してから、登録時にたまたま待機場所にも使用されている事務所で1人の女性と会ったのをのぞいて、一度も同僚の姿を見ていない。3PをNGにしているため、仕事が一緒になることもないのだという。

現在は池袋のキャバクラで働きながらドッグカフェの手伝いもしているカナメさんとは、とあるオトナ雑誌のライターさんが主催する飲み会で席が隣だった。私は当時、会社を辞めた直後で時間の使い方がよくわからず、当時1回しか会ったことがなかったそのライターの男の人に誘われるがまま、特に会の趣旨も聞かずに神楽坂《かぐらざか》の飲み屋に少し遅れて行った。カナメさんはそのライターの彼女なのかマジで恋する5秒前なのかはその時よくわからなかったのだが、私と同じくらいアウェーな顔をして座っていた。

同じタバコを吸っていたというどうでもいいきっかけで彼女は私に喋りかけてきて、私もマニアックな映画の話の中で身の置き場がなかったため、彼女がつい最近まで勤めていたというDCのシステムの話などを興味深く聞いていた。1ヵ所に登録すると複数店舗に在籍となる店は他にも聞いたことがあったが、「源氏名間違えそう」という私の問いに「客に会って店に電話入れる時にめっちゃ間違えてた」と彼女が答えたあたりから、割と会話が弾んだ。

「横浜のデリの時もたまにはゲーム課金したり楽天で買い物したりしてたけど携帯料金が5万超えたことなかった。渋谷時代は携帯が10万ちょい。あと、1枚だけ持ってるカードが限度額の30万。限度額超えて決済できなくなったら代引きでもの買ってた。週4か週5で出勤はしてたけど、でも家賃の他に多いと100万くらい使ったことあるよ。だから貯金ない」

彼女はRadyやミシェルマカロンなど彼女よりやや年下の風俗嬢たちに人気のブランドの携帯サイトで、毎回10万以上の買い物をしているのだと言っていた。車での待機中や客の指定の場所への移動中、できることは限られている。

「車はタバコ吸える。でも手持ち無沙汰だからずっと携帯いじってて、ゲーム飽きて最初は服とか靴とか結構見てるだけだったけど、カード登録するとクリックだけで簡単に買えるから、移動中は特にずっと商品見て、気になったのカートに入れて、仕事してる時は見られないけど、また車戻ったらさっきの続き、みたいな感じでサイトの中の商品全部チェックして、カートに20個くらい溜まっちゃうからその中からさらに厳選して買う。多少貯金もあったし、稼ぎながらだから結構な金額平気で買っちゃうの。家でもずっと携帯いじってるけど、それはゲームとか漫画とかが多い。通販はキリがないから、時間制限がある待機中が燃える。化粧品とかも必要なものは買うけど、やっぱり通販は服選ぶのが楽しい」

待機中に買った服は自宅のクロゼットや段ボールの中に積み上がり、なんとなくほとんど汚れも傷みもしないまま、ネットフリマやオークションサイトに行き着くことも多いのだと言っていた。どかっと買ってその時はテンションが上がり、宅配を待っている時は満足しているのだが、手に入って2日も経ってしまえば輝きが失われ、また買い物したい欲が湧く、というような趣旨のことを言っていて、私は、わかるわかる、と同意した。

買い物行くの面倒臭い

カナメさんの服装は確かにRadyの匂いがする若々しいもので、私もコスプレ気分で若者向けの服屋を物色するのが好きだったため、なんとなく雰囲気が似ている気がした。やや買いすぎる癖も、それでも実際に気に入って着る服は常に2〜3着で、タグ付きのまま放置している服が多いというところも一致した。ただ、実店舗での買い物のほうが好きな私と、携帯の小さい画面ですぐ購入を決めてしまう彼女の違いはあった。

「買い物行くの面倒臭い。実家の時はあんまり通販が届いたら怪しまれるけど、一人暮らしだから宅配ボックスに大きい段ボール3個とか入っててもいい」と言っていたカナメさんはその頃、約2年半の風俗生活を卒業して、キャバクラの体験入店などをゆるゆると繰り返しているようだった。その後に池袋の店に正式に入り、ライターさん（実際は付き合っていたわけではなかったらしいが）とも切れ、学生時代にキャバクラで一緒に働いていた親友の友人が経営するドッグカフェでバイトをしているらしい。

私が出会った頃すでに以前ほど携帯での買い物をしているわけではなかった。彼女の携帯はアンドロイドで、それもギャルギャルしいカバーに包まれていて、おそらく高額購入の際のノベルティでもらったものだとわかった。

良い意味でも悪い意味でも風俗嬢を「場」から解放したデリヘルでは、嬢たちは場所のないところで浮遊する。客から客へ、その間の時間と無形の場所は、カナメさんにとっては指先から広がる別世界へのトリップであった。画面を滑る指の先で、先ほど客から渡された数万円がベージュやピンクのヒール靴やニットワンピに化けている様は、なんか面白いなと思う。

第5章
お仕事ではないシゴト

完璧なリスクヘッジをして旨味を享受

世の中においしい話なんてないのよ、というのは私の母の口癖だったが、世の中にはもちろん、結構おいしい話がある。

ただ、女子大生時代に銀座の会員制サロンでちょっとバイトしてみたり、銀座ホステスの真似事をしてみただけで、その後の女子アナ人生を大きく狂わせたりする、うっかりAVなんて出てから就職すると週刊誌に報道されたりする情報拡散社会では、おいしい話には基本的にはオチがつく。ケチがつくともいう。

で、オチやケチがついた話は有名になるので、世の中の人たちは、「やっぱりおいしい話なんてないんだな」と思って、クサクサした自分の日常を慰める。

でも、オチもケチもついていない女だって当然いるわけで、こちらは別に週刊誌に過去を暴かれたり、バイト先のサロンをネットで晒されたりすることもなく、特に誰に知られることもなく過去の旨味を肥やしにすくすくと成長しているし、無論、数的にはそちらのほうが多い。

こちらは成功しているが故に誰にも知られていないし、知られたところで教育上悪いのであまり取り上げるのは得策ではない。

で、彼女たちの多くは運に助けられているのも真実である。

ちなみに私も、今となっては踏んだり蹴ったりではあるものの、2014年くらいまではまだケチのついていないこそっとしたエリート会社員人生を送っていたのだが、それもまた、たまたま新聞社の上司にAVマニアがいなかったとか、友達がおしゃべりじゃなかったとか、SNSに今ほど威力がなかったとかそういう幸運の積み重ねのもとに成立したものだった。

しかし、一部の彼女たちはそんな「運」なんていう不確かなものに頼ることなく、最初から完璧なリスクヘッジをして旨味を享受する。

当然、パネル写真などが残るキャバクラや風俗店には勤めないし、顔面とあそこを同時にお届けするエロ映像産業など最も遠い存在。

高時給のアルバイトをする場合でも、たとえ100万積まれても客と写真を撮ったりしない。絶対漏れないしきちんとした会員しか見ないからなんて口車に乗せられて交際クラブの女の子リストに名を連ねたりもしないし、顔の一部を隠した写真すら残さない。

おいしい話をむやみに友人にひけらかしたり共有したりしないし、武勇伝のように口を滑らせることもない。

当たり前のことを大声で言うが、最もリスク回避できるのは、バレて困ることは一切しないことである。しかし、花の命は結構長いけれども花というだけでお金になるのは蕾《つぼみ》か咲きかけの頃だけ、という残酷な真実を知る女たちは、常においしさと危険を天秤にかけながら生きざるを得ない。少なくとも楽しく華やかに暮らしたいのであれば。

私の知人であり、美人コンサルタントの典子もまた、極めて慎重に、しかし「楽しく華やか」にを放棄せずに若さを生きたタイプである。

元祖ギャラ飲み女子

最近週刊誌で目にするようになった「ギャラ飲み」なんていう言葉がある。女子大生やOL、時にはモデルやタレントが男性との飲み会に参加し、交通費として1万〜5万円程度のお小遣いをもらう。

ちょっとしたお金稼ぎにもなるし、何よりどこかのキャバクラに在籍する必要もないし、とにかく足がつかない。女子たちが正直に申告するかしないかは別としても、飲み会のその後、私的な「付き合い」はある場合もない場合もある。

ちょっとした接待に付き合ってくれたお礼、おじさんたちとカラオケに行ってくれたお礼、なんていうのは昔から渡されることのあるものであるが、ギャラ飲みの場合はそういった臨時のお礼というよりも、女性のほうがかなり自覚的にバイト感覚でいる場合が多いようだ。

典子はそんな言葉が開発されるずっと前から、「飲み会」で財をなしていた「元祖ギャラ飲み女子」なのである。

典子の結婚式で流れた「2人の生い立ちと出会い」みたいなVTRのどこを見ても、彼女は期待される「典子」を一歩もはみ出していなかった。別に、変な顔をしている写真がないとか太っている時期がないとかそういった意味ではなく、悪い意味で期待を裏切ったりネタになったりするようなほころびが一切なく、良家のお嬢さんであり、良い大学を出てコンサルティングファームに入ってそこの元同僚で現在は公認会計士になっている4つ年上の男と2年半の真剣交際の末に結婚した女として、完璧な出来栄えに私は思いっきり感心していた。

それは当たり前といえば当たり前である。彼女は、良家のお嬢さんを意識的に演じているのではなく本当にそうであるのだから。経歴に嘘は一つもないし、彼女の今現在から憶測される高校時代や大学時代というのは実際に彼女が経験したものなのである。だからと言って、目の肥えた意地悪な私が見てもツッコミどころがないというのは結構すごい。

おそらく私やその結婚式で隣に座っていた親友Xだとしたらそうはいかない。例えば大学時代の写真で無難なものを揃えたとしても、小脇に抱えたバッグがAVのギャラで買ったものであったり、時計がキャバクラの客からの貢ぎ物であったり、これからご出勤です、という髪型をしていたりするだろう。そういう脇の甘さが典子にはない。

会場にいた誰もが、彼女はおそらく実家からのお小遣いやカフェでのバイト代で明るく楽しく高校・大学時代を過ごし、新卒採用で会社に就職、順調に出世したと確信したであろう。しかし彼女が大学時代に非正規ルートで得たお金の額は、例えば週に3回キャバクラバイトをしている大学生の4年間の収入を優に上回る。表の収入、つまり親からもらったりバイト先から振り込まれたりしていた額がせいぜい月に10万円だとしたら、その5倍以上を彼女は「飲み会」や「デート」で得ていた。

「飲み会」や「会費飲み会」、「合コン」、「接待合コン」、「お付き合い」など用途に合わせて呼び名が変わる男性複数と女性複数の会合では女性側にタクシー代が支払われることがある。当時、普通の女子であれば、たまたま参加した飲み会でちょっとしたお小遣いがもらえたらラッキー、で終わりになっていたのだが、典子はそのラッキーをラッキーで終わらせず、きちんとデータとして取り込んで、高収入ワークにまで昇華させていた。

彼女は、大学1年生の頃から積極的に色々な飲み会に参加していた。医学部と合コン、商社マンと飲み会、キー局社員と遠足、IT社長とホームパーティー、中小企業のおじさん社長と接待合コンなど。相手の属性やくれた交通費の額などをエクセルに暗号で入力し、特にキーパーソン（その飲み会やコミュニティで財布を握っているリーダー格や、実家がお金持ちで財布の紐が緩そうな人など）は要マークとしてこまめに連絡を取っていた。

確かに彼女は吹石一恵や篠原涼子など大人綺麗なジャンルの芸能人に似ていると言われることもある綺麗な大学生であったが、何も誰もが絶賛するような飛び抜けた美人だったわけではなく、胸のサイズや身長体重も極めて平均的なそれであった。故に、1回の飲み会に参加して得る交通費は1万〜2万円。それでも時々、地道な積み重ねが10万円単位の高額な収入に化けることもあった。2万円など比較的良い交通費をくれたコミュニティの飲み会にはリピート参加し、キーパーソンの頼みごとをこまめに聞いていく。頼まれて女友達を集めて再び食事会をしたり、複数人で旅行をしたりする際には、そこで支払われる交通費やお小遣いにプラスして、「女の子を集めてくれたお礼」などが発生する場合がある。

さらに、特に仲良くなったキーパーソンとは個人的に会ったり、彼が接待で飲みに行くときに1人で賑やかし要員としてついていったりすれば、いつもの交通費以上の交通費が支払われる。データ化が得意な彼女は物事の優先順位がはっきりしているため、最善の人に最善のサービスができる。優先順位がAランクの呼び出しには当日であっても快く応えた。そういった時に、バイトの予定があったけれども都合をつけた、飲み会をずらしてもらったなどの恩着せがましい理由をつけると彼女が呼ぶところの「慰謝料」も手に入った。夜職の女の子ではなく、女子大生となると相手の警戒心もない。

100万円振り込みより10万円手渡し

優れているのは大学の最初の2年間は外資系のコーヒーチェーン、後半の2年間は個人経営のお洒落なカフェバーで、日数は少ないながらもバイトをし続けたことである。時給は良くて1000円程度。正直、一般的な感覚では数十万円の副収入があれば必要のないバイト料である。しかし、そうやって表の顔を失わないことで、彼女は友人に対して、彼氏に対して、親に対して、嘘のない付き合いができる。

「みんな、今を楽しむか未来に投資するかの二元論に陥りがちでしょ。今、目の前にある10万円を拾うことで将来の1000万円を失うかもしれないとか。でも不確定な将来の価値を上げるために、今はボロを着ててもいいのかとか。で、それを見誤って、銀座ホステス女子アナなんてこっぱずかしい称号がついちゃったりするでしょ」

彼女は結婚直前の飲み会でそんなことを言っていた。

「嘘つかないでいいための手間はかけるべきだよね。私、余計なことは言わないけど嘘はつかない。あとは足のつく行為はしない。100万振り込んであげるって言われても、私なら手渡しで10万円のほうを選ぶ。うまい話なんてないってことを死ぬほど頭の中で反芻しながら生きてるから。絶対安全、身バレしても問題ないって言われてたラウンジだって今やただのキャバクラだし、交際クラブなんて売春クラブじゃない。そういうものに一瞬の気の迷いでふらっと登録してたら、今の年収（推定約1000万円）はなかったし、今の旦那くらい年収（推定約1500万円）ある人と結婚できなかったかもね」

おそらく世間は彼女に対して多少の疑問はある。親からの援助も十分な良家のお嬢さん女子大生にそこまでして大きな収入が必要だったのか。しかも彼女の実力からして、というか、現に大学を出た途端に高収入になるのは目に見えていた。

高収入バイトなどにある程度素養のある人間が見れば、ホストにハマっていたか、整形にはまっていたか、と分析しそうなところである。しかし典子は別にホストクラブに行くことも高額をかけて顔にメスを入れることもしていない。かといって血筋の良い彼女は、異様な守銭奴で貯金魔だったかというともちろんそれも違う。彼女に、大学時代の収入を何に使ったかを聞いても「なんか女ってオカネかかるじゃん」という要領を得ない答えしか返ってこなかった。

「私のこと賢いって言ってくれるけど、大学時代の思い出、ないよ。お小遣い飲み会にデート、それでオカネもらうためにスケジュール組んで授業を週に3日以内に抑えて、飲み会の次の日は二日酔いだったり。もらったオカネ使って服買ってアクセ買って、次の飲み会にそれ着て行って、より高額引っ張れるようにいい化粧品買って」

抜け目のない彼女はその完璧主義で、誰に叩かれても埃の出ない高収入大学生として豊かに過ごした。大した思い出なんてない、と言うが、駅伝に出たり早慶戦でピッチャーを務めたりしない普通の大学生の思い出なんてそんなものかもしれないし、私は彼女が悲観するほど悪い学生時代とも思えないのだが。

港区女子のつくりかた

キャバ嬢って貧乏くさい

「なんかサァ、キャバ嬢って貧乏くさくない？」

というのは中谷さんという女の子が、歌舞伎町のキャバクラの体験入店に行った帰りに呟いた一言である。当時キャバ嬢だった私に、しかも店を休んで彼女の体入に付き合った私に、悪気なくビンボーくさいとか言うタイプの華奢な女の子だ。私はとある飲み会で知り合った彼女に会うのは、その時が2回目であった。

彼女は私の中学の後輩なのだという。私は小中高一貫の女子校を途中で辞めて共学の私立高に鞍替えしたのでその学校には中学までしかいなかったのだが、2歳年下で中学校から入学してきた彼女は私のことを一応認識していたらしい。彼女は高校を出た後は短大に進み、人材派遣会社に就職して横浜の自宅から都内に引っ越していた。人材派遣会社のOLが特別嫌だったわけでもないらしいが、1年も経たずに退職し、フリーターに近い形でレストランのエスコートの仕事やキャンペーンスタッフなどをしながら、西麻布に新しくオープンしたラウンジにも登録したということだった。

「私オカネかかる女なんですって顔でどっかいやしいと言うか必死と言うか。なんかあのライターを下から差し出すのが、抵抗ある。1人の客がタバコくわえた時に同じタイミングで2人が我先に！　って出したのがウケた」

必死にお金がかかる女を演じるのが仕事なんだからしょうがないでしょ、と思いながら私は聞いていた。ホステスなんてある意味、外見なりテクニックなり所作なりで、お金がかかりそうな高飛車で高級な女のパロディをしている商品なのであってそのパロディっぷりを指摘されてもそりゃそうだとしか言えなくて困る。

現代の中高生にはそう見えているようだが、別にキャバクラ嬢は高級な存在ではない。高級そうに見えなくてはいけないが、1人の女を口説き落とすことに比べれば、その女と付き合ってデートや旅行や記念日にお金をかけることに比べれば、そして結婚式とか挙げることに比べれば、さらに一生食わすことに比べれば激安である。少なくとも労力はゼロなわけで、まぁナンパして口説いてご飯に連れていく自分の労力にお金を払っていると思えば10万なんて安いものだ。

当たり前だが、高飛車そうに見えるのも大体は虚勢、あるいはキャラクター、もしくは勘違い素人嬢であって、本来的には下手に出て男性をちやほやおだて、気分良く財布を開いてもらうのが仕事なんであってそれをビンボーくさいと表現するかどうかは人それぞれだが、必死な労働者であることには違いない。素敵そうに見せている様を素敵なのだと鵜呑《うの》みにして崇拝する中高生に比べれば、中谷さんの感覚のほうが正しいっちゃ正しい。で、別にそれはそれとしてその道を楽しむのも自由、そんなビンボーくさくて嘘くさいメッキの世界を一蹴するのもこれまた自由である。

とにかく、当時から、中谷さんの主義主張、平たく言えば目指すスタイルというのは一貫していたのだ。男をちやほやしなきゃいけない立場じゃなくて、ちやほやしてもらう！　そして奢ってもらう！　と。

「この間、ミッドタウン住んでる人との合コン行ってその後もその人が行ってるクラブとかみんなで行って、そこにいる女の人とか見てて、ラウンジよりこっちのが楽しいって思って。そっち目指すよ」

職業不詳だけどとにかく知り合いが多い

私はある意味、その名前も覚えていない歌舞伎町のキャバクラ帰りに立ち寄った串カツ屋で、中谷さんの人生決定の瞬間に幸運にも立ち会ったのだと思う。と、言うのも、彼女はその後ちょっとした有名人になるのである。それは、実は10代の頃のハヤシマリコと私の出会いなのでした、という話では決してなく（年代違うし）、西麻布や麻布十番によく出没する、読モだかモデルだか以外に何をやっているのかよくわからないが、とにかく知り合いが多いオンナという意味で。

歌舞伎町のキャバクラに絶望した後、彼女はとにかく誘われる飲み会に全て顔を出し、女子同士の誘いにもそれがスペックの高い女子の場合はなるべく顔を出す、という伝統的な方法でとにかく人脈を広げた。大学生の合コン女子と同じ手法ではあるが、そうすることにより男性の「今日良かったら女の子何人か連れてきて飲まない？（訳：女の子集めて）」「今度3対3くらいで旅行行かない？」「バーベキューするから友達大量に呼んでよ」というお願いに臨機応変に応えられるようになる。あいつに頼めば可愛い子が集まるという評価が定着すれば、毎日のように男性から誘われる。よく言えば重宝され、ご機嫌をとってもらえるようになる。

女性側からは、あの人すごい社長とかスポーツ選手の知り合いたくさんいる、という評価になり、彼女ほど暇ではないが、暇ができた時にはキラキラと飲みたい女の子たちに慕われる。彼女と仲良くしておくと得、と思われ、よく言えばお近づきになりたいという眼差しで見られるようになる。

ここまでは合コン幹事女子と変わらない。もちろん、悪く言えば男女どちらからも便利屋としてありがたがられているのだが、それが「下働き」っぽくなるか、「すごい人」っぽくなるかはイメージの問題である。彼女の優れていたのはそのイメージ戦略である。綺麗目な雑誌での読モの経験や、もともと開業歯医者の娘で余裕のある雰囲気ももちろん役立ってはいたであろうが、別に親が歯医者だろうが目医者だろうが庶民的な女は庶民的である。象徴的なのは彼女は「たとえフリスク1つでも、オカネを払ったら負け」と言って絶対に財布を持ち歩かないことを徹底していた。

私は、彼女に呼ばれて公認会計士だか弁護士だか両方だか忘れたが、高収入専門職3人と深夜に飲みに行った際に、彼女とそれなりに親しいのであろう1人に「ほんとこいつが金触っているところ見たことないわ」と言われて気づいた。確かに私も何度も彼女と同席していたが、その日に至っては彼女は財布どころかバッグも持っていなかった。私はデカバッグにデカいヴェルニの財布を入れていたのだが、彼女はクラッチよりも小さいおもちゃのようなポーチに携帯電話を入れていて、その中から「え、持ってる持ってる」なんて言って、うさぎのキャラクターの頭の形のコインケースを出した。いくつ目に編み出した正解かは知らないが、それはお財布を持たないことを印象付け、何でも男性が払ってくれる女であることを、目に見えるかたちで印象付けるためのうさぎである。

「怖いわ〜食いつぶされるわ〜」なんて冗談交じりに言う男性はさすがに仕込みではなかったが、それを横目に「えーー、家に帰ればお財布あるよ？　重いじゃん」とか言っている彼女は確かに、家に帰ればうさぎコインケースどころではなく貢ぎ物のエルメスがゴロゴロ眠っているであろうと思わせる女の雰囲気を纏《まと》っていた。閉店後の歌舞伎町のキャバクラの片隅で「うーん、保証時給1万円は少し難しい」とか言われてたくせに。

バッグよりイメージが欲しい

彼女のスケジュールは目まぐるしかった。夜は基本的に2つの携帯に問い合わせが絶えない。江ノ島でビーチパーティした後に急いで帰って夜は麻布十番の中華に集合、そういう毎日を過ごし、合間合間で気に入った男子とデートする。彼氏なのかよくわからない年上男性と海外旅行に行っている間はメールで男と女をつなげていた。

一応、派遣で受付嬢をしたり、美容のモニターらしきことをしたりしていたが、月収は20万～25万円程度というようなことを言っていた。それでもその努力によって彼女は月収の倍はするバッグをいくつも持っていたし、ミシュラン系の話題の店や名の知れた寿司屋は行ったことのないところのほうが少なかったし、どこのブランドのファミリーセールにも行けて、美容関係はモニター料金で行くことができる。

正直、バッグとレストランくらいなら、時給9000円くらいでキャバクラで働いて客にねだったほうが手っ取り早い、と言うのは真理だが野暮である。彼女が欲しかったのはフェラガモのバッグではなく、何の努力もなく別にいらないフェラガモのバッグを絶えず贈られていそうなイメージであって、そのためにはどんな細かい努力も体力も惜しまず、睡眠不足も厭《いと》わなかった。即物的な欲求など満たされてしまえばすぐに飽きるし、飽きてしまえばゴミである。イメージこそ重要。

セレブのパロディをするのがキャバクラ嬢であったとしたら、その地道な手作業により彼女は手作りのソーシャライトとなった。いずれにせよ、そのイメージは人を惹きつけ、惹きつけられてきた人たちは何かしらの役にはたつし、何かしらの力になってくれるのだから、月収20万にはなんの不安もない。ただ惹きつけられてきた人が必ずしも、一生養うよとプロポーズしてくれるわけでもないらしく、引き際を見誤ったのか自分で選択したのかは別として、30歳になった頃彼女は、「コンパニオン派遣の会社でもやろうかな」と言い出していた。

ダーリンは貯金額

不満足を与えて高額を使わせる

女がお金を使うとき、当然そこには何かしらの不足が存在している。そこは男とさして変わらない。食べ物が不足してお腹減ったらパンを買うし、寒くなったらコート買って、美しくなければ化粧品ごっそり買って、楽しくなければカラオケ代払って、やることがなければ携帯ゲームに課金する。

これを体験的に深く理解している売り手は強い。洋服など顕著で、不足を補うために買ったスカートが、合う靴・合うトップス・合うベルトなど新しい不足を都合よく生み出しているわけだ。

以前、30歳過ぎのやり手のホストに冗談半分で高額を使わせるコツを聞いたところ、「満足を与えるんじゃなくて不満足を与えること」という名言を吐かれたことがあるが、これも本質的には似たようなことだろう。もっと優しくされたい、もっと好きになってほしい、もっと一緒にいたい、もっといい女だと思ってほしいと現状の不足を感じなければ、何百万なんていう札束が飛び交うことはないはずである。

仕事を稼ぐための手段と考えれば、今現在の不足を補う、もしくは近い将来の確実に迫ってくる不足に備えるために仕事をすることになる。

しかし、言うまでもなく今の女にとって仕事は稼ぐ手段としてのほかにも、意義や自己確立、社会貢献ややりがいといった側面があるので、不足のない女も仕事をしてお金を稼いでいることになる。もう少し正確な言い方をすれば、不足を見つけていない／認識していない女もお金を持つことになる。

そんな「不足の不足」は街を歩けば大抵はすぐ払拭される。何足持っていても今シーズンの靴、は持っていないかもしれないし、新しい基礎化粧品のラインに比べれば今使っているファンデーションではカバー力不足かもしれない。

なさそうに見える不足をあっという間に充足する術《すべ》に、この世界は優れている。だから私は、満たされなさを埋めるようにホスクラに通ったり、整形に勤《いそ》しんだり、ブランド品を買い漁ったりする女たちについてはなんとなく理解できるし、私もそのうちの1人であるように思う。

自分の歳×1万円貯める

そんな私にかなり仲の良かった友人で、レイさんという人がいる。彼女には、そうやって消費によって不足を埋める私たちにとってはエイリアン的なところがある。

私は大学院時代にバイト先の銀座のラウンジで彼女と知り合った。生真面目で優しい彼女は私の3歳年上で、実家暮らしのOLだった。昼間はとある中規模の不動産会社に勤めており、週に3回程度、銀座まで自転車で来てアルバイトをしている。実家暮らしだったら、不動産屋の仕事だけで生活には困らないような気もしたが、女というのがいくらでもお金を浪費できる生き物である、というのはすでに私も実感していたので、特に不思議はなかった。小規模の店だったためにキャストの女の子たちはみんなプライベートでも遊ぶくらいには仲がよく、私は特にレイさんとよく話した。

わりと有名な女子大を卒業した後、実家暮らしでOL、週に3回は銀座でアルバイト。この肩書が想起させるものに比べて彼女はとても質素な人だった。移動は会社へもバイト先へも常に自転車で、銀座の店では皆ここぞとばかりに普段着ないような派手目なワンピースやドレスをお金をかけて新調している中、レイさんは長いこと店に置いてあった新人用の貸し衣装を利用していた。

店が始まる前に何人かで申し合わせて買い物をしに行ったとしても彼女が服やアクセサリーを買うところは見たことがない。一度休みの日曜日に2人で六本木ヒルズに映画を観に行ったことがあるが、その時も夕食は外で食べず、映画を観てお茶を飲んでぶらぶらして別れた。

高収入の人というのもいれば低収入の人もおり、高収入高支出の人や低収入低支出の人はとてもわかりやすい。当然そのどちらでもなく、ただ単にケチであるとか、借金返済中であるとか、逆にアイフルまみれでも気にしない低収入高支出という人などもいる。レイさんのお金の使い方について私は「何かのオカネ貯めてるんですか?」と聞いたことがある。「特に何ってことはないけど、貯金はしてる。基本的に、20歳過ぎてからは毎月自分の歳×1万円貯めれたらいいかなって」と答えた彼女の貯金額はすでに郵便貯金の預入限度額を超えていた。彼女は極端な貯金魔ガールだった。

高校卒業までに貯金が200万円

私は月島《つきしま》にある彼女の自宅マンションに一度遊びに行ったことがある。予想通り、企業勤めの父親と専業主婦で以前は時々進研ゼミの採点の仕事をしていたという母親のもとでものすごくお金持ちでもないが特に不自由なく暮らしていた彼女は一人っ子で、家族の持ち家のマンションは3LDKのさり気ないものであった。

彼女の部屋はそれなりに化粧品や洋服が揃った、想像よりはずっと華やかなものであったが、彼女の貯金癖は小さい頃からなのか、プリングルズの箱やほかの似たような筒状の入れ物を貯金箱代わりにしたものが4つほど机にあり、聞けば幼稚園や小学校の頃のお小遣いを貯めていたという。

彼女の家で、子供は歳の数×1000円のお年玉を毎年のお正月、18歳まで与えられていたという。5歳で5000円、10歳で1万円、といった具合に。彼女の「歳の数貯金」はその親のアイデアから着想を得たらしい。その他親族からもらったお小遣いやお年玉も基本的には貯金箱や母親に預けて貯めていたため、彼女は中学生に上る前に、個人的に50万円ほどの貯金を持っていた。

子供の祝い金などを定期預金に入れて大学の学費や結婚資金として保管している家は少なくないので、それは別に驚かなかった。彼女の月々のお小遣いも、中学生で5000円、高校生で1万円という都内では平均的なものである。

高校時代から、彼女の平均以上の貯金癖は目立ちだす。月々のお小遣い1万円は普通の生活をしている分には不自由のないものである。

それに上乗せする形で彼女はアルバイトを始め、最初はアイスクリーム屋さん、高2に上がるとその他でも渋谷に本社を置くアンケート会社でのバイト、結婚式場、パチンコ屋などで働き、バイト収入は「1万円札は全て貯金する」ことにした。月のお給料が5万6000円だった場合、5万円を貯金して6000円はお小遣いと合わせて遊びや買い物に使う。

その他に、時々短期で「割のいい」バイトとして、ギャルだった友人の仲介によって「あやしげなオジサン」との飲み会などにも参加し、1万円や3万円をもらった。それらも合わせると、受験期間にバイトを休んでいたにもかかわらず、高校を卒業する時には幼少時の貯金とは別に自分の通帳にちょうど200万円貯金できた。都市銀行につくったその口座は今でも200万円のままそこにある。

女子大に進学した後も、両親は学費の他に月に3万円をレイさんにくれていたという。自宅から大学に通っていた彼女は、銀座のキャバクラでアルバイトをしながら郵便貯金の口座をつくり、「月に歳の数×1万円」の貯金を始める。

キャバクラのバイトは週に多くて5回、テスト期間など少ない時では2回に減らしていた。それで月に20万~30万円は稼いでいたため、貯金は無理なく続けられた。多めにチップをもらった月や、夏休み期間中、月契約でお金をくれていたお客さんがいた時などは、歳の数だけ貯金しても随分高額な余剰が出た。そういったお金は10万円単位で普段の貯金とは別の通帳に貯めていった。

貯金できないストレス

月に3万円のお小遣いと、月に10万円程度はある貯金からもれたお金で十分に遊びや買い物代を賄うことができたのはしかし、女子大生の頃までだった。

大学を卒業して不動産会社に就職してみると、月の手取りは諸々引かれて22万円程度。彼女の歳は23歳になろうとしていた。すでに800万円ほどの貯金をしていた彼女だが、それまでのルーティーンを壊されるのは強いストレスに感じた。

結局、学生時代にほぼ4年間勤めたキャバクラとはまた別の、兼業でも気兼ねなく働けるラウンジを探し、週に3回は副業としてアルバイトをするようになった。入社1年目の頃は昼の仕事に慣れないせいもあって銀座に出るときは毎回栄養ドリンクの類いがかかせなかったが、わりとすぐ慣れた。

「趣味貯金とかいうとすごいやなやつみたいじゃない？　そもそも昔からケチん坊だけど、べつに節約が好きとかじゃないよ」

彼女とは、私が就職で店を辞めてからも、かなり頻繁に連絡をとっていたが、彼女が製薬会社のMRの彼と結婚し、引っ越してしまってからは年に一度連絡をとるかとらないか程度になってしまった。結婚して転勤の多い旦那のために以前勤めていた会社は退職したが、いつも何かしらの仕事をしているようだった。最後に連絡をとった時、旦那の稼ぎで基本的には暮らし、何かのために彼女の稼ぎ分は貯金するかたちで夫婦生活はうまくいっていると言っていた。

貯金という名の「お金の使い方」

貯金の額は社会や個人の不安を表している、というようなことは陳腐なほどよく言われる。確かにこれだけ政治や経済情勢への不安が蓄積した社会では、消費や投資よりも貯蓄に人の関心が向かいがちなのはわかりやすい話だ。しかし、では、私や他の当時のラウンジの同僚は不足があるからお金を使い、レイさんは不安があるからお金を貯めていたのだろうか。お金を使わない女だったのだろうか。

そういった説明はなんとなく腑に落ちない。「趣味貯金」なんてやや冗談めいて言う彼女に不安に対する備えという概念がないわけはないだろうが、それ以上に彼女の貯金は私たちの消費とほとんど同じような雰囲気を纏っていたからだ。プリングルズの貯金箱に始まり、「歳の数×1万円」とか「万札だけ貯金」「10万束集め」などその時々のブームに則《のっと》りながら、彼女は貯金という名の「お金の使い方」をしていた。

彼女はそのためには生活費を切り詰めるというよりも、無駄金を省くだけでは飽きたらずキャバクラバイトもダブルワークもやってのけた。そして誰かが10万円で化粧品をごっそり買うような感覚で10万円の預金額という満足を買っているように見える。

不足が女にお金を使わせるのだとしたら、貯金額を買うといった行動は彼女のどういった不足を満たしていたのか。それはいくらでも解釈可能だが、ひとつ言えるのは愛や美容と同様、あるいはそれ以上に終わることのない不足であることは間違いない。

第6章

お金で買える愛がある

お金で買えない価値がある？

「お金で買えない価値がある」なんていうカード会社のコピーは超控えめに謙遜してるのであって、実はその価値は現代ではとてもとても少ない。美貌・身長・時間、お金で買えないと信じられていたものがどんどん買えるようになって久しいし、それらはどんどん細部にまでわたっている。

そして、そういうかつては買えないと信じられてきたものは、バッグや口紅や航空券なんかと違って、そもそも値段をつけられるのに慣れていないが故に、いくらつぎ込んでも溢れることのないコップみたいなものであったりもするのだ。

JR新宿駅東口を出て区役所まで歩き、区役所通り沿いにある喫茶店で私はモトコさんと待ち合わせをした。実は初対面ではなく、2年くらい前に私の高校時代の友人を介して一度だけ飲み会で会ったことがある。その時、24歳だった彼女がスマホのアルバムから何人かのホストの写真を見せてくれたのを思い出して、私は久しぶりに連絡をとった。

2年弱ぶりに見る彼女は、枝毛だらけだった明るい茶髪を限りなく地毛に近い焦げ茶色に染め変えていた。今年の5月にそれまでの生活を「卒業」して、ほとんどプータローに近い生活をしていたが、今は恵比寿にあるラウンジで気ままに働きながら、簿記の資格をとるための塾に通おうか通うまいか悩んでいるところだという。

そもそも10万円の家賃で同じところに4年以上住み、その間一度も旅行などには行かず、買い物だというプラダの革製のバッグを延々と使い続けていた彼女の生活が極端に地味なものに変貌したわけではないのだそうだ。

彼女はこの4年間で、正規の収入・非正規の副収入（お小遣いやチップなど）を合わせて少なく見積もっても8000万円稼いでいた。最低限の家賃や光熱費・生活用品や美容代を除いてそのほとんどをこの区役所通り近辺の飲み屋に使い切ったという。ありがちなホスト通いの代償だが、私は彼女に頼み込んで、使った金額を覚えている限りできるだけ細かくリストアップしてもらった。

彼女が指名して通ったホストクラブはこの4年間で2軒ある。最初の1年間はG店。中堅どころだという24歳のホストを指名していた。1年間で使った金額は約600万円。その後、F店の幹部ホストNに心変わりし、つい最近まで3年間通い続けた。その間、彼女が「サブ」と呼ぶ他の店のホストも3人ほど指名したことがあるが、そちらのお会計は4年間で3人合わせても50万円程度。それ以外のお金はほぼすべてNのいたF店に支払った。

私もホストクラブには一度や二度ではなく行ったことがあるので料金システムは承知しているつもりだし、人によっては一晩で何百万円も使うことが可能だというのも、実際にそういう

「太客」が支えている商売の形態だという知識もあったが、それにしても途方もない金額に思えた。彼女に「もっと安く飲んでいる客もたくさんいる気がするけど」と聞いてみても「麻痺してたから」「義務みたいになってた」「自分に酔ってた」といまいち要領を得ない答えしか返ってこない。

金銭感覚の麻痺なんていうのは急速に高収入になった場合には老若男女問わず起こりえることだが、彼女の収支を聞くとどう考えても、急速に高収入になったというより、ホストクラブで使う金額に合わせて多少無理をして収入を上げていったように見える。例えば臨時収入の祝いだとか、頑張ったご褒美《ほうび》だとか、そもそも高収入の嗜《たしな》みとしてとかいって通われることの多いキャバクラやクラブと違って、売り掛けシステムを主とするホストクラブは「飲んでから稼げ」の精神が根本にある。

客は、その日使った金額が記入してある伝票を持ち帰り、月末までに使った金額を次の月の入金日(大抵3日や5日)までにまとめて支払う。銀座で飲み歩く、立場と身分のある男性とは違い、歌舞伎町のホストクラブで高額を使う客は、モトコさんのような風俗店勤務であったり、個人的な愛人、水商売の女性が約8割を占める。

当然、とりっぱぐれはある。売り掛けを飛んで逃げた客を追い詰めたところで、彼女が消費者金融などでお金を作れるとは限らないし、そもそも行方を捕捉するのも大変だ。だからホストたちは交際しているふりをしたり、お客の家を訪問したりして、なんとか逃げないでお金を使い続けるよう客を管理するのである。

それにしても途方もない金額を店に借金する形をとってまで使い切る彼女たちは何を買っているのか。少なくとも麒麟淡麗350ミリ缶やヴーヴ・クリコを買っているわけではないのは確かだ。

みんなホスト狂いだっただけ

どうして何の不自由もない子がこんな仕事を？　という、実は社会学の研究室などでは現代社会を読み解くヒントとでも言わんばかりに話題の対象になりやすいテーマがあり、女子高生の援助交際から始まり、女子大生の風俗バイトや、お嬢様のAV出演など、ちょっとした社会問題が起きる度に識者たちがあれやこれやと批評したがる。

私もまたそういった話題をよく取り扱っていたのだが、とある風俗嬢に「それみんなホスト狂いだっただけじゃない？」と言われて、なるほど確かに現代社会の謎の一部は単純明快に説明がついてしまった。たしかにたとえ親が50万円仕送りしてくれるようなセレブな大学生でも、ホストに通おうと思えば風俗嬢に転身するのは自然の成り行きであろう。同じようになんであんなに常識的だった子が嘘をついて大金をせびるのか？　何千万円も客からだまし取って何をしていたのか？的なワイドショーの話題も大部分は同じように説明がつく。

モトコさんもまた、表向きそういった現代社会の謎と仕分けられるような何不自由ない女子大生から気合の入った風俗嬢になったクチである。

この4年間で、デリヘル、SM系デリヘル、ソープランド、交際クラブ、アダルトビデオへの出演、と風俗絡みの仕事はフルコースで経験した。さらに、そういった業態で知り合った客らから個人的に、多い時では300万円の現金を援助してもらった。

それ以前は、50万円とは言わないまでも、10万円の家賃と学費の他に5万円の仕送りをもらい、時々キャバクラでもバイトする極めて何の不自由もない女子大生だった。

「一見《いちげん》さんお断り」とは京都や銀座の粋な老舗《しにせ》の匂いがするが、対してホストクラブは「一見さん超大歓迎」のシステムを誇る。駅方面から靖国《やすくに》通りを渡り、歌舞伎町に入ると、女性を待ち構えたホストクラブの客引きが間髪入れずに声をかけてくる。

一昔前は店で働くホストが「キャッチ」と銘打って路上で客引きをしていたが、法令の関係でそういった姿は見かけなくなり、そのかわりに店を紹介する言わば「歩く案内所」のようなおじさんたちが、「初回いかない?」「1000円で飲めるところあるよ」などと一見客とホストクラブをつなぐ役割をはたすようになった。また、数は少ないがホスト案内所と銘打った店舗も散見される。

よく知られたことだが、初めてホストクラブを訪れた客が支払う料金は500~5000円。それで2時間、焼酎のボトルと割物が飲み放題となる場合が多い。その際に指名のシステムはなく、店のホストたちが入れ替わり立ち代わり名刺を持ってきて10分程度接客をする。

そして気に入ったホストがいれば携帯番号を交換し、会計の際に最も気に入ったホストを告げるとそのホストが店先まで見送ってくれる「送り指名」をすることができる。実際に正規の料金を支払うのは指名で来店する2回目以降だ。

正規の料金は店や地域によってまちまちだが、歌舞伎町ではセット料金が7000〜8000円、テーブルチャージ3000〜4000円、指名料3000円前後、それにオーダーした飲み物の代金を足し、TAX30〜40％、消費税8％をそれぞれかけた金額を請求する場合が多い。つまり8000円の鏡月ボトルと2000円の割物のお茶を注文した場合、大体お会計は3万5000円。基本的な料金はこんなものであって、高いといえば高いが非現実的な金額ではない。

モトコさんも初めてホストクラブを訪れた21歳の頃は、初回システムを使って2000円や3000円でいろいろな店を飲み歩いていた。G店のホストと仲良くなって通いだしてからも当初は「片手（5万円）以内くらいで週に1〜2度」店を訪れる程度だった。

彼女は2回目の来店、つまり指名で初めて店に行った際に鏡月のボトルを1本入れ、割物の緑茶をピッチャーで1つ、指名ホストが飲む缶ビールを1セット（2本）頼み、会計は少しおまけしてもらって3万円ちょうどだった。その後、鏡月のボトルは彼女自身とヘルプにつくホストで大抵1回につき1本空いてしまうので、その後も大体それくらいのオーダーで、3万〜4万円支払うことが多かった。

この基本的な飲み物は卒業する直前、F店に高頻度で通っていた時も大して変わっていない。鏡月と割物のお茶、缶ビールである。しかし、通い慣れてくると、ただ焼酎のお茶割りを飲んでホストとおしゃべりすることに終始するだけではおさまらなくなった。

ヘルプと盛り上がってお酒を飲むゲームなどをしていればテキーラ、その店のホストの誕生日や特別な理由がある時には5万〜30万円のシャンパンを追加する。自分の指名ホストのお祝い、店の締め日（月末最終営業日）などでは、60万〜250万円の飾りボトルや150万円以上のシャンパンタワーをオーダーした。

3万〜4万円の支払いを続けていれば、それを週に1回、4年間休みなくしたとしても8000万円程度である。8000万円には程遠いし、当然、ホストクラブでもそれは許されている。彼女は望んでそこに何十万、何百万円の追加オーダーを重ねていった。通う頻度も多くなった。そこには、客を色分けするホストクラブの独特の文化や慣習、店が用意するシステムなどがうまく作用している。次節では、その文化とシステムがもたらす作用を細かく観察してみようと思う。

「ラスソン」を狙うワケ

前節、特に金銭的に問題のない女子大生だったモトコさんが、気合の入った風俗嬢になり、4年間で8000万円近くもホストクラブに支払ったその過程の会計を紹介した。

初回料金システムを使える1回目の会計をのぞいて、当初彼女が1回の来店につき支払っていたのは約3万円。同じ料金設定、同じシステムの店の中で彼女の支払い金額が増えていったのはなぜだろうか。

そこには、店が用意する儀礼的な構造と慣習が関係している。彼女は、初めて通ったホストクラブに行く頻度や使う金額が増えていった理由をしかし「そのホストの当時のエース（当該ホストの客の中で最もお金を使ってくれるお客）が来なくなった」ことで、彼女とホストの仲がさらに親密になった結果だと自己分析した。

つまり、当のホストにとって、最も頼るべき客の存在が消えたことで、モトコさんは繰り上がってホストに頼りにされる存在に勝手になっていた。別にそれ自体は彼女が望んでいたことではないが、逆に言えば、彼女は彼に頼られることで店内での重要度が増し、また自分の思い通りに飲むことができるようになった。

彼女が最初にこだわりぬいていたのが「ラストソング」略してラスソンのシステムである。

多くのホストクラブで営業終了の少し前、その日一番売り上げのあったホストが、自分の指名客の中でその日一番高いお会計を支払った客の席で、店のカラオケを使って好きな歌を歌うラスソンの儀式を採用している。つまり、自分の指名しているホストがその日一番売り上げ、なおかつその売り上げに自分が最も貢献していればそのホストが隣で肩など抱きながら熱っぽいラブソングを歌ってくれる、というサービスなのだが、まぁ一度や二度なら好きな人のカラオケを間近で聞くことにうっとりしたり冥土の土産的な感じで楽しむのはアリだと思うが、そうそう毎回聞きたいとも思わない。

しかしこのシステム、店の一体化した空間で歌われるのがミソで、つまり店内にいるホスト、お客たち全員が、この日一番売り上げたホスト、この店に来ている客の中で最もお金を使うことができた人間を一度に知ることになるのである。客のほうとしては、自分のホストが高らかにナンバーワンを歌うことで男性をたて、また自分の金持ちアピールができる場になる。

モトコさんは、週に1〜2度の来店ペースを緩めないまま、毎回必ずこの「ラスソン」を狙うようになっていった。通常営業日では数万円で飲みに来ている客が多いため、安いシャンパン（ホストクラブ価格で5万円）1本頼めばラスソンをとれることもあるが、それでもどこかのテーブルでシャンパンが注文されそうな雰囲気を感じ取ったら、「安全圏にいくために高めのシャンパンか、もしくは5万円のシャンパン2〜3本頼んでおく」。1回の来店で使う金額は10万~30万円に膨れ上がった。

そういったことを重ねていくと、知らぬ間にモトコさんはそのホストの「エース」になっていた。ホストクラブでは客をたまにしか来なくて使う金額も少ない「細客」、それなりに通ってはいるが高額は使わない「中客」、頻繁に来店して高額の注文をする「太客」と色分けして呼ぶ慣習があり、さらに指名客の中で最も高い金額を使えば「エース」と呼ばれる。

建前上、もちろんエースが露骨に丁重に扱われる。建前上というのはホストも人間であるので、実際は使う金額が少なくても顔が可愛くて気立ての良い客に好感を持っている場合も少なくないと思うのだが、それでも店内ではシャンパンの入っている席につき、会計金額の高い席でラスソンを歌う。自分の指名しているホストだけでなく、店の幹部や社長も接客してくれるようになる。日々のラスソンに加えて、月末の売り上げランキングの発表時に、自分の指名しているホストがナンバーワンにでもなれば、そのホストがマイクを使って自分の隣で来月の抱負や自分への感謝をコメントしてくれる。

モトコさんが指名しだしてから3ヵ月めでそのホストはナンバー圏外からその店のナンバースリーにまで上り詰めた。3ヵ月めにモトコさんが使った金額は月末最終日に注文した60万円の高級ボトルを含めて250万円を超えていた。

昇格祭で600万円

日々の「ラストソング」、締め日の「ナンバー発表」のほかにも、ホストクラブは1ヵ月に2〜3度は、通常営業とは違うイベントを用意している。ホストのバースデーイベントはもちろんだが、ハロウィンやクリスマス、チーム対抗売り上げ対決、ホストが役職に就く際の昇格祝いなど、大義名分は様々だが、その日にかこつけて、ホストは見栄の張り合いをする。当然、頼りにされる太客たちはその見栄のための高額の注文をさせられることになる。人によっては何ヵ月も前から、客に貯金させ、直前に心変わりされないように店のキャッシャーに毎日入金に来させるなどの管理をしている。

G店の担当ホストに見切りをつけ、F店のホストに心変わりした頃には、モトコさんの月の収入は多い時には500万円に近づくこともあった。すでにホスト通い慣れした彼女は店の幹部ホストだったNと初めて会った月に、すぐに100万円を超える金額を使い「太客」に名を連ねた。

最も高い金額を使ったのは、指名して約半年後の彼の「昇格祭」と銘打ったイベントで、会計の内訳は、10万円のシャンパンを20本使ったシャンパンタワー、150万円の高級ボトル、90万円の高級ボトルで、支払った金額は約600万円。当然、イベント終了時のラストソングは彼女の希望の曲が彼女の隣で歌われた。

半分の300万円はその日までに支払ったが、残りの300万円は売掛金として店に借金し、入金日までに用意できた150万円を引いた残りはホストのNがたてかえ、彼女は2ヵ月間、通常通り店に通いながら、ホストに借金返済するかたちをとらざるをえなかった。

それ以外の日でも、店のイベントでは15万円のシャンパンを入れて会計25万円、ホストがナンバーワン争いに参加できそうな月の締め日には多い時で100万円、ヘルプのホストの誕生日にはやはり10万円のシャンパンを入れて会計15万円など、毎月の出費を重ねていた。通常営業の日でも、なんとなく理由をつけてシャンパンを抜き、ラストソングをとることも多かった。

一番オカネを使った人が「いいオンナ」

モトコさんは、この4年間を悲観するわけでもなく特段反省するわけでもなく振り返るが、私は彼女が「ラスソン」始め時折使うその業界用語の数に圧倒されていた。「爆弾」[*1]「締め日」[*2]「昇格祭」[*3]「趣味」[*4]「サブ担」[*5]「奢り」[*6]「店外」[*7] エトセトラエトセトラ。業界用語の数は、独自の風習や儀式の数でもある。さらに彼女は「ホストをたてる」「義理に付き合う」など、どこの古きよき時代の女房かというようなフレーズを頻発した。

私がお節介に分析するに、彼女は確かに当初はお気に入りのホストと過ごす時間や、彼からの感謝のコトバや頼りにされている実感、彼を応援することで2人で得られる達成感など、諸々とよく言われるホストクラブの提供する夢に対して高額の支払いをしていたのかもしれないが、どうやらそれだけではない。それだけでも言わばお金で買えないと通常信じられてきたような恋愛、思い出などを買っていたとも言えるが、彼女がお金で買った、お金で買えない最たるものは自分が「いいオンナ」でいることであった。

私たちは、いいオンナと思われたい、モテたい、好かれたい、憧れられたいと現世であがいている。そしてモテや「いいオンナ」というのは尺度が極めて不明瞭で、顔だけでもない性格でも学歴でも収入でもない、あの子がなぜモテるの、なんで同じことをやっているように見えて私は好かれないの、ととても腑に落ちない気持ちになりやすい。通常5万円以下で楽しめるホストクラブで何百万円も支払って買えるのは、わかりやすくその店で一番のいいオンナでいられる権利でもある。

ホストクラブが示してくれる「いいオンナ」の尺度は、表向き極めて明瞭である。一番お金を使った人がいいオンナ。一番お金を使った人が大好き、一番お金を使った人を大切にする、一番お金を使った人を必要とする。言うまでもないがホスト自身は実際は「一番お金を使ってくれるエースと恋人として好きな人はもちろん別。お金を使ってくれなくても可愛い客のほうが好き」と現世のオトコと同じような不明瞭なことを考えていたりする。モトコさんらエースたちもそれは結構承知している場合が多い。

しかし、ホスト個人でなく、店はそうではない。クリアに「一番オカネを使った人」を一番のオンナとして認定し、そしてそれは営業終了間近のホストの熱っぽいマイクで声高《こわだか》に宣言までされるのであった。

＊1——爆弾
爆弾行為。主に、指名ホストのいる客を横取りすることに使われることが多いが、ヘルプについたホストが客に電話番号を聞く、指名ホストの悪口を言うなど、してはいけない行為全般のことを指す。そもそもほとんどのホストクラブが永久指名制度を採用しており、客は指名しているホストが辞めるか異動するかしないと、その店の別のホストを指名できない掟《おきて》があり、それを破る行為は最大のご法度《はっと》になる。さすがに、ヘルプの分際で堂々と客を口説いたり、指名ホストに実は他に彼女がいる、など露骨な暴露行為をするホストは少ないが、自分が他の店に移る時に、ヘルプとして仲良くしていた別のホストの指名客にこっそり電話番号を渡し、新しい店に自分指名で来てくれるようしむける、といったことはしばしばおこる。爆弾行為は店によっては何百万円かの罰金をとられる。

＊2——締め日
月末最終営業日のこと。多くのホストクラブは、月ごとに指名本数や売り上げの上位ランキングを作成するため、最終営業日は追い込みでナンバーを上げるチャンスとなる。その日の営業ではホストは金銭的に頼りになる客を呼び、互いに様子を見ながら高額のお酒のオーダーを入れる。誕生日などのイベントと並んで客としてはお金のかかる営業日となるので、締め日近くになるとホストの電話に出ない、当日仮病で寝込むなど、店に行くことをさりげなく拒否す

るお客様も多数。

＊3――昇格祭

見えないヒエラルキーが支配する女性のキャバクラと違い、ホストクラブは男性社会であるが故、見える肩書、序列が好まれる。よってホストの名刺をよく見てみると「代表」「プロデューサー」「支配人」「主任」「幹部補佐」「ホスト長」など、実際何をしているのかよくわからないが、とにかく細かな肩書が記されていることが多い。当然、実績によって役職を付与されるので、地道に売り上げを重ねていって「幹部補佐」から「主任」、「主任」から「支配人」などという風に昇格していくのが、一応、ホストの出世である。イメージの問題なので役職はあくまで響きがいいものが多く、「書記」「会計」などはあまり聞いたことがない。好成績によって役職の昇格を祝うイベントを用意する店も多く、誕生日さながらのシャンパンタワーや高級ボトルのオーダーを受けるチャンスになる。

＊4――趣味

ホストは基本的に、お金を使ってくれるお客様である女子たちの相手をする職業であるが、ホストのなり手はただの若く血気盛んなオトコの子であるため、当然、可愛くて乳のでかい客が来たら、お金なんていらないからヤリたい、とか思うのが自然なわけで、実際は初回に来た女の子と、店やお金関係なくセックスしたり付き合ったりすることもよくある。ホストはよくお客さんと付き合っているふりをしてその子の稼ぎを管理し、自分の売り上げに貢献させようとするが、それを「本営（本当の彼女に見せかけた営業）」「色カノ（色恋営業上の彼女）」などと呼ぶのに対し、本当に愛してる彼女を「本カノ」と呼ぶ文化がある。で、お金のために付き合っているわけでもないが、本当に愛してる正真正銘の彼女、というほど愛してもいない、ちょっとセックスしたり遊んだりする女のことを「趣味」「趣味カノ」などと呼ぶ。女からすれば、お金をかけずにお気に入りのホストと遊べるので、この「趣味」になりたいと思う人は多い。実際、「私は趣味カノです」と自称する人は、店でお金を使ってホストと遊ぶエースや太客さんたちを若干見下している節がある。が、店でお金を使っている人たちのほうには「力になってあげてる」的な論理があるらしいので、そのへんはどっちもどっちである。

＊5―サブ担

ホストクラブは永久指名制度の店がほとんどであるが、歌舞伎町にはホストクラブが200店舗以上も存在するわけで、何も同じ店で2人指名しなくとも、別の店に通うのは当然自由である。ホストと客は、ホステスと客よりも関係が密接で、特に高額の支払いをする常連客はほとんどがホストと「付き合っている」ことになっているため、基本的に高頻度で行く本命の店は1つである。しかし、そのホストの愚痴を聞いてもらったり、ケンカした憂さ晴らしに呑んだりするために、それほど関係性が濃くない2番手のお気に入りホストなどを作っておく人も多い。本命のホストを「本担」、サブ的な役割の2番手以下を「サブ担」などと呼ぶ。しかし、恋愛相談がいつしか恋に変わる少女漫画よろしく、「サブ担」が「本担」に昇格し、本命くんがお払い箱になることもあり得るので、ホストは自分の指名客が他店に行くことにあまりいい顔をしないし、そういったことをしないよう肉体的、精神的に束縛することが多い。

＊6 ― 奢り

そもそもキャバクラに行く男性とホストクラブに行く女性では母数に大きな差があるため、ホストが客1人呼ぶのは大変な努力がいる。お茶をひかないためなどで、自腹で客を招待することを奢りと呼ぶ。イベントの営業日などは「強制指名日」などといって指名客を呼ばないと罰金があるといった店もある。どうしても適当な客がつかまえられない場合、友達の女性を自腹を切ってこっそり招待するホストもいる。また、前出の「趣味カノ」や「本カノ」を時々自腹で店に呼ぶホストもいる。締め日近くになると、指名本数のランキング1位を獲得するために、客を自腹で呼ぶケースもあり、理由は様々。

＊7 ― 店外

「ホストは24時間ホストです」とは知り合いのパッとしないホストの迷言であるが、何十万、何百万の支払いを客にさせるためには、当然、営業中に話し相手になるだけではなく、同伴やアフター、休みの日にも相手をせざるを得ない。まして、客と彼氏彼女のふりをして売り上げを伸ばすホストが多い中、休みの日は当然、客とデートをしたり、お互いの家に遊びに行ったりすることに時間を使う。入金日前の休日は、お客の家を3軒ハシゴして3人とセックスをした、というデリヘル状態のホストもざらにいる。

ポテンシャルを超える遊びの愉悦

人には器とか度量とかポテンシャルとか呼び方はなんでもいいがそういうものがあって、しかし私たちは時に無謀にもそういうものを超えようとすることで進化をしてきた生物でもある。どんなに頑張って全速力で走っても、未だ3時間以内に東京から大阪に行ける人はいないが、科学の進歩はそれを可能にした。と、いうような話はここでは大げさすぎるのだが、そういうポテンシャルの限界に挑戦するというようなことはスリリングで欲望を刺激するし、時に私たちの実力を更新することだってある。

絶対食べられないと思っていた「20分以内に食べきったらお会計無料」みたいなメニューに挑戦する時、1分間に縄跳び何回、みたいなくだらないことを全力でやってギネス記録を狙う時、私たちは明らかに自分のポテンシャルに対して身の程知らずな態度をとり、明らかにそれに興奮し、また楽しんでいる。そう、身の程知らずな態度というのは、興奮するし楽しいのだ。できる範囲内で何かをしているだけの予定調和で狭い世界を飛び出す時、私たちの世界は一瞬色鮮やかに煌めく。

しかし、ポテンシャル以上のことをしようとするわけであるから、当然そこには挫折と事故もつきものだ。誰も成功していない大技に挑戦するスタントマンは足の1本や2本折るかもしれないし、特盛りの牛丼は制限時間を過ぎてしまえばひたすら胃を圧迫する無駄に高額な食物と化す。偏差値50の人が東大を受けてもなかなかに受験料の無駄遣いである。

お金について言えば、ほんの少しの無謀なチャレンジはその人の実力をいつも以上に発揮する好機とならなくもないが、基本的には身の程知らずは身の程知らずらしい結末を迎える。自分が確実に払える金額よりちょっと高めのマンションに引っ越すことでフンドシを締め直すというような話は芸人さんやタレントさんから聞くことがあるが、それだって結構危ない橋で、ちょっと間違えれば滞納地獄である。自分の出せる金額以上の車や服を買い漁る見栄はり主婦を待ち受けるのは離婚届と借金取りである。

というわけで、ポテンシャルを超える遊びはできればお金以外のところでするべきというのが私の意見なのであるが、歌舞伎町周辺はポテンシャルを超えるお金の火遊びをする女の子たちで溢れている。2年ほど前に出会ったレナちゃんもまた、その中の1人だった。

飲んだら稼げ、飲んでから稼げ

歌舞伎町ホストクラブが一つの社会として成立していて面白い点というのはいくつもある。価値観や言語、法、時間の流れなどそれぞれが、その街が位置する日本とは別の独立した基準でまかり通っており、またそれがその社会に属する人の間ではきちんと共有されているからだ。お金の流通もまた、この街では街の外とはまた別の独立したシステムを築き上げている。

それはただ単に、酒屋で買えば3000円程度のシャンパンが30万でやりとりされるとか、ビールが2000円もするとかいう値段の問題だけでもなく、TAXとかいう別に国に納めるわけでも自治体に納めるわけでもないよくわからない料金が会計の40%近くも取られるという話だけでもない。余談だが、TAXという英単語には税という一般的な意味の他に、「重い負担」「酷な要求」「無理な仕事」といった意味があるらしく、ホストクラブやキャバクラ愛好者にこの話をするととても和《なご》やかな笑いが取れる。

何よりも特徴的であるのが、多くの店の多くの客が、特に高額な会計については売り掛けシステムを採用していることである。

これは、別に京都や銀座の得意客が、現金を毎回出すのは無粋だから、とか、常連の証としてまたこれからも末長くお付き合いする気持ちとしてツケ払いにするのとは全く意味合いが違う。要は、今はまだそれほどお金がないけれど、来月頭までには用意します、という日払いで働いている風俗嬢向けのシステムなわけである。飲んだら稼げ、飲んでから稼げ。

これといって大企業に属するわけでも保証人がいるわけでも金融機関の審査が入るわけでもない相手に売り掛けをさせるわけであるから、当然取りっぱぐれるなんていうことは日常茶飯事的に起こる。そもそも、客である女性がホストに惚れ込んでおり、彼に嫌われるようなことはしない、困らせるようなことはしない、という楽観的な前提によって成り立っているシステムであり、その基盤は脆弱《ぜいじゃく》だ。

「飛ぶ」理由それぞれ

掛けを飛ぶ、というその行為は、それまで憧れていたホストに失望したため払いたくなくなった、騙されていたことに気付かされたために最後に復讐してやりたくなった、デートの約束をバックレる奴に金など払いたくない、なんていう恋愛関係のもつれによる女性らのレジスタンスとして行使されるのが約半数を占める。2年間指名してきた担当ホストが実は既婚者であったために、最後に300万景気良く使って行方をくらます、とか。ホストの未収の売掛金は、そのままホストの店への借金として残るため、一番「きく」復讐になりうるわけである。

残りの半分のうちさらに半分は「稼げると思ったら稼げなかった」という類いのものである。毎日ソープに出勤すれば返せる額になるはずだったが、熱を出して休んでしまい思うように稼げなかった、先月はデリヘルに客の入りがよく稼げたが今月は全く閑古鳥で収入がなかった、そもそも若干無理のある金額を使ってしまった、などなど。それはまぁ人間関係のこじれが根本にあるわけではないため、その時は立て替えてもらったとしても後から埋め合わせがきく。

もう半分は、そもそもあまり払う気がなく、「ものすごい臨時収入が入ったら払おうかな」くらいの軽い気持ちで高額を使ってしまう確信犯たちである。確信犯の中でも本当に払う気などさらさらないほんの一握りの人を除くと、その場の雰囲気に負けてついつい高額のシャンパンなどを頼んでしまい、「まぁでも最悪、なんとかなる」とやや楽観的に考えて、なんとかならずに飛んでしまう、あるいは本当に微々たる金額を毎月毎月返し続けている、うっかりした子たちがほとんどで、レナちゃんはまさにそういうタイプであった。

そもそも当時23歳だった彼女には全く収入がないわけではなく、それどころか高収入の月には200万円以上稼いでいたこともある風俗嬢で、もともとは自分の稼ぎの範囲内で、ホストクラブやら飲み会やら買い物やらをそれなりに楽しんでいた。その頃から、毎回現金支払いをするのではなく、売り掛けで飲んで、次回来店の際や、月初に担当ホストに会う時などに支払うという飲み方ではあった。ただ、ごくたまに2万〜3万漏らすことはあってもそれは次の週にでも払うことは可能だったし、そもそも手持ちのお金が全くゼロになるような無謀な掛けは作らなかった。

彼女が飛びぐせを発揮し出したのは、22歳の終わり頃である。それまでは仲の良い友人と2人で行くことが多かったホストクラブに自分1人で行く頻度が増えた。きっかけはとある中堅店の代表を務めるホストに思いのほか入れ込んで、しかも彼がどちらかというと友人らと連れ立ってくるよりも、1人で来て1人で帰ることのほうを歓迎するタイプだったからである。彼はレナちゃんが、あまり友達と遊ぶ時間を確保することがないよう彼女の生活を束縛した。友人と遊ぶ頻度が少なくなった彼女は余計にその代表ホストの言うなりになり、それに比例して彼への執着も強くなった。

彼には、他に高額を使う客が2人いたのだが、そのうちの1人があまり店に来なくなり、そのぶんレナちゃんが店に行くと、代表くんは喜んでアフターやお泊まりに誘ってくれた。結局、彼女はほとんど毎日のように彼の店に入り浸り、週に2回は彼とホテルに泊まり、ほとんど仕事に行かなくなっていた。そのタイミングであった彼のバースデーを祝うイベントで作った130万円ほどの売り掛けは、全く返す目処の立っていないものだった。

「後で返そう」って一応思うらしい

「なんか、エース切れてイベント大丈夫なの？　って私が言って、大丈夫じゃないよ、みたいな。で、タワーやるとしたらいくらくらいなら顔が立つかみたいな話になって、私は100なら頑張れるって言ったんだけど、150で、その代わりちょっとずつ返せればいいって話になった。150はもうその日までっていうか次の月の初めの入金日までとかでも結構無謀だから、でも10日で100なんとか作って、50はあとでって思った。結局、出勤しようと思った日もお店行ったり泊まってそのまま一緒にいたり、で稼げなかったんだけど」

入金日に用意できたのはたったの10万円、それでも比較的お金に余裕のあるホストだった代表くんは、少しずつ返してくれればいい、それよりこれからも店に来てくれるほうが嬉しいと言ってくれていた。3ヵ月ほどは彼の言う通り、ものすごく少額ずつ売掛金を返した。借金があると思うと稼がなくちゃいけないという焦りばかりが募って、逆にしっかり仕事をする気になれなかった。さすがにこれ以上借金が増えるのは嫌で、彼の店に行く頻度は減り、そのぶんだけ彼と一緒に過ごしたり電話したりする時間も減った。

「10万手元にあったら、お店行けば結構ちゃんと飲めるし、その辺の客よりオカネ使えるのに、返済に回すとなるとお店行っても安くしか飲めなくて、つまんない。被り客（同じホストを指名している客のこと）よりも私のほうが全体として見たらオカネ使ってるのに、その日にオカネ使える向こうがちやほやされるのも切ない」

彼の店に行くのが前ほど楽しくなくなっていた彼女は、つい他の有名店の初回に足を運び、そこでまたお気に入りのホストを見つけた。彼もそれなりにキャリアの長いベテランホストで、以前入れ込んでいた代表のしつこい電話に代わりに出てくれたり、売り掛けの滞納はそれほど気にしないでいい、といった入れ知恵をしてくれたりした。新しいお気に入りと飲んでいるほうが楽しくなり、その店でも20万円ほどの売り掛けを作ったが、その翌月にはなんとなく飽きてしまい、もともと指名していた代表ホストの店に戻ったり、友達が通っている店に枝客（その店に通っている客の連れとして初めて来た客のこと）として行ったりしている間に、どこにどれだけマイナスがあるのかはわからなくなっていた。

「幹部だった友達に、ここの店だけは漏らさないで払ってって言われて、それでも30万くらい使った後だったから、入金日前に担当の電話出ないで、友達からも鬼のように電話かかってきて、結局その後気まずくなった。そこはでも、最低でも入れてほしいって言われた20万は入れたんだと思う。●●くん（代表ホスト）のところも、時々5万とか持っていってた」

都合のいいことに歌舞伎町には200を超える同業種の店があり、別に3つの店で飲めなくなったところで、新規開拓はいくらでも可能だった。それでも、借金まみれの状態が嫌になり、1週間ぶっ続けで仕事などしてみることもあるのだが、それなりにまとまったお金が入ると、それを過去の掃除に使うのはどうしてももったいない気分になってしまい、半分は返済にあてても残りの半分は新しく通い出した店などに使ったり、美容関係など全く別のことに使ったりしてしまった。

結局彼女は、ちょこちょこといろいろなところに借金を残したまま、仲の良かった友達とすら音信不通になり、約1年後に「ホスト全く興味なくなって、引きこもり」というメールを、友達のうち2人ほどに送った以外は何をしているのかよくわからない。

「見栄もあるけど、それより、楽しくなっちゃうとオカネ使っちゃうんだよね。使う、その瞬間はあとで返そうって一応思ってるんだよ。でも出勤できなかったり、稼げた頃には他に興味が行っちゃったり、それでマイナスが増えてく」

彼女をよく知る、同じくやや掛け漏れ癖のある女の子はそんなふうに彼女や自分の体質を解説していた。

お金があるといくらでも威張ることができるのが、夜商売の店の一つの醍醐味ではある。売り掛けシステムの存在によって、そのお金がたとえ架空のもの、つまり将来的には手に入るかもしれないが、とりあえず今は手元にないものであっても、前倒しで威張ったり楽しんだり酔いしれたりすることができるのである。そして若さや女であることを換金することに抵抗や難しさを感じない女の子たちは、若さ溢れる自分の肉体をもって、その架空のお金を裏付けてしまう。返すときまでにまた換金すればいい、という彼女たちの甘えは、実際に借金させる側の、足りなければ稼がせればいい、という論理と一致して、今日も歌舞伎町では架空のお金による架空の狂乱が幕を開ける。

本数エースをねらえ！

全てがホスト通いを中心に回る生活

歌舞伎町のホストクラブに行くと、どの店にも必ず毎日いるお客様というのが大抵1人くらいはいる。1人で飲みに来て、決まった席に座り、担当ホストとは最早話す話題もなく、気だるく携帯などをいじっていたり、ヘルプの男の子と話し込んでいたり。そして多くの場合が20代の若い女の子である。

「お前だけだよ♥」が営業の根幹にあるホストクラブの中は、自分の指名しているホストが他の女の子にどんな風に接し、どんな話をしているのかがわからないよう、ホールは席ごとの仕切りだらけ、うるさいBGMはかかりっぱなしである。稀に私のような非常識な客が、隣の席の痴話喧嘩を盗み聞きしていることはあるかもしれないが、基本的には他の客は見えないものとして振る舞うのがマナーとなっている。

ただ、さすがに毎日同じ席に座っている客がいれば、何度かその店に通った客は気づくことも多い。そしてこれといって真新しい話題のない店内では、しばしばそれとなく噂が囁かれたりする。「あの人、毎日いるよね？」「何してる人かな？」「愛人らしいよ」などなど。ゴシップ好きの皆様ですから、そもそも結構客単価の高いホストクラブに毎日来る資金と時間と体力がある若い女の子がどんな女の子なのか、興味があるのだ。

ホストの売り上げを支え、最もお金を使っている客をエースと呼ぶが、最もお金を使っているかどうかにかかわらず、そうやって毎日来て席に座っている女の子は本数エースなんて呼ばれている。1回の金額が数十万円というお客ももちろんありがたいのであろうが、売り上げナンバーの他に指名本数も競っていることが多いホストにとっては、それほど高くない会計でも頻繁に来てくれるお客もありがたい。それに、例えばそのホストがそれほど安定して客が呼べるわけではない新人だったりする場合、呼ばなくとも毎日1卓は自分の席があるというだけで天国である。タバコも吸い放題、ヘルプについて無理やり酒を飲まなくてもやり過ごせるからだ。

キャバクラやクラブにも毎日必ずいる客というのはいるのだが、キャバクラに入り浸っているおじさんが「いいご身分だわ」「仕事しろよ」なんてやや冷笑的な眼差しを向けられるのに対し、ホストクラブに毎日いる女の子は大抵、たまに遊びに来る女の子や何人かで一緒に遊びに来る女の子たちよりも、ずっと働き者である。おじさま方が老後の暇つぶしや仕事の疲れを癒やしに、あるいはちょっとした夢を見に通っているのとはワケが違う。彼女たちの生活は全てがホスト通いを中心に回っている。

私は運良く、2人の現役本数エースを直接知っている。1人は、担当ホストの指名本数に関してしても毎月の売り上げに関してもダントツで貢献している正真正銘の売り上げ兼本数エースで、月に使う金額は300万円前後という女の子である。もう片方の女の子は、売り上げについては他に高額を使うお客がいるうえに、彼女自身の1回のお会計はかなり少額という純粋な本数エース。月に使うのはせいぜい60万〜70万円。

彼女たちは見た目の雰囲気も収入も職業も違うのだが、生活を回していく根幹にあるメンタリティがとても似て見える。そして、なぜ若い女の子が1回数万円もするホストクラブに入り浸るような生活が可能であるかは、彼女たちの生活を見るまで私にはとても大きな謎だった。

若くて可愛いのに気だるい

月に300万円使うサヤちゃんの生活は単調である。毎朝8時に起きてシャワーや化粧などの支度を終え、10時には最寄りの高田馬場の駅で山手線に乗る。鶯谷《うぐいすだに》で降りて店の迎えの車に乗り込み、11時から20時半までソープのキャストとして働く。手取りが1本約3万5000円の準高級店だが、やや変則的な出勤時間が認められたのと、フリーの客の入りが良いと聞いてすぐに入店した。ソープで働く前は池袋のセクキャバに勤めていた。

20時半ぴったりに上がれた場合、サヤちゃんは急いで一度自宅に戻り、シャワーを浴び再び化粧をして、22時過ぎにタクシーに乗って歌舞伎町に向かう。2年近く通っている大手グループのホストクラブに行くためである。彼女の担当ホストは彼女が到着すると同時に店から一度下まで降りて来て、一緒に店に入る。VIPルームの一角にはすでにサヤちゃんのキープボトルが並べられた「指定席」が用意されており、彼女は手慣れた様子で割物や缶ビールなどを注文する。担当ホストは大抵そのまま5分くらい彼女の席につき、その後はシャンパンコールか送り出しの時間まで戻ってこない。

「頑張ってきて〜っていう感じ。別に席につかないのとかは気にならない。ヘルプと喋ってるほうが楽しいし、幹部だからヘルプにも回ってほしい。痛い客と思われたくもない」

などと何かと達観している彼女はそのままヘルプと談笑し、通常営業ではその日自分がソープで稼いだ金額の半分までを使う。支払いは基本が現金。残りの半分は持ち帰ってイベントやお祝いで高額のお会計が予測される日のために貯金する。自分の担当ホストの誕生日やイベントでなくとも、店の周年記念、ヘルプの誕生日、幹部の昇格祭など、シャンパンを抜かなくてはいけない日は多い。そういう時は安くて10万円、高いと100万単位でお金がかかることもある。

自分の担当のお祝いでも必ずメーンイベントとなるタワーやクリスタルボトルを注文してきた。そういう時は、用意できる現金が足りなければ売り掛けにして、また次の日からの稼ぎで少しずつ返す。昨年のイベントでは400万円近く使ったため、その月に用意できた250万円を引いた150万円を返すのに2ヵ月かかった。それも、必ず毎日通うことはやめずに、日々のお会計を差し引いた稼ぎで少しずつホストに返す。その間でも、何か店で祝い事があればシャンパンを入れる。売掛金の返済期間が伸びることに関しては担当ホストはそれほど嫌がらないのだという。ホストのかけ縛りという営業方法である。

ソープの出勤は週に5日、休みの日も、直接会ってデートしてお小遣いをくれる得意客と会ったり、店のキャスト表に載せる写真を刷新するために撮影に出向いたりと何かと忙しい。店が最も稼ぎどきとなる夜の時間帯はホストクラブの営業時間と重なり、出勤できないため、休日を使って収入を補わなければいけない。当然、意中の担当ホストと店の外で会っている暇はない。

「一番最初に指名してた頃はアフターもしょっちゅう行って店外でディズニーも行ったけど、今はアフターするくらいなら帰って寝たい。休みも都合が合わないことが多くて会っても急いでご飯だけ食べるとか。月に1回くらいホテル行くか、行かないか」

いかにもソープ嬢的といえばそうだが、暗い色のセミロングの髪にややロリコン趣味の私服を着た彼女は可愛いし、歳も24歳と若い。しかし話すとどこか気だるく、ホストクラブにいる時もそれほど楽しそうにしているとは思えない。

ホスクラにいる以外は常に出勤状態

一方、それほど高額は使わないサユリちゃんは、現在の担当ホストと出会ったのはつい5ヵ月前である。彼女もまた、VIPルームではないものの、通っている小箱のホストクラブに指定席を持つ。別にどうしてもここに座ると決めているわけではないが、なんとなく同じ席に通されることが多い。彼女は3ヵ月前、担当ホストが上京するのに合わせて北関東から東京に引っ越した。別に同棲しているわけではない。

「地元にいた頃はホストも行ってたけど、出稼ぎに行ったり、地元のデリに出勤したりしながら普通に遊んでた。で、担当に会って、とにかく1万円でいいから今月だけ毎日来てくれって言われて行くようになって、多少は貯金もあったからなんとか毎日行って、出勤増やして毎日行ってた。で、東京来てからも、彼が風邪で休んだ日以外は今のところ毎日行ってる」

彼女の日常はとにかく忙しない。ホストクラブにいる数時間を除いて、池袋のデリヘルに常に出勤している状態で、仮眠はデリヘルの送迎車の中や待機場所でとる。顔もスタイルも極めて地味な彼女はそれでも1日の稼ぎが5万円に満たないこともある。現金が手元にあるのは数時間だけで、稼ぎのほとんどがその日のホストクラブのお会計に消える。稼ぎがなかった日は売り掛けとなるため、少し多めに稼いだ日でもその返済に消える。

ほとんど化粧もしていない顔はあどけなく見えるが実際は20代後半である。担当ホストは22歳。外でデートしたのはたったの2回で、ホテルや自宅に行ったことはない。

「基本、店にいない時でもLINEはずっとしてる。向こうもマメで、今から寝るとか牛丼食べるとか事細かく。地元の店ではそんなに売れてなかったのに、歌舞伎町にきて仕事めっちゃ順調みたいで、ちょっと忙しいみたい。電話とかはほとんどできなくなった。高額使ってくれるお客さんとアフターとかご飯とかするのは当たり前だけど、私が働いてる時に、初回に来た子とかたまに来るだけのお客とカラオケ行ったりしてるんだろうなーと思うと若干病むけど、実際じゃあアフターとか誘ってもらったとしても仕事できないから困る」

高額な自尊心

ホスゲル係数なんていう言葉はないが、彼女たち2人の収入におけるホストクラブ費用の割合は限りなく100に近い。毎日店に行くには資金のほか、その時間帯の自由も体力も奪われる。稼ぎどきの時間帯には出勤できず、そのため他の時間帯は仕事の予定で埋まる。

別に有り余る若さと体力を何に使おうがもちろん女の子それぞれ個人の自由であり、むしろ人を騙したり親を騙したりして得たお金で豪遊しているよりも余程好感度は高い。彼女たちは彼女たちが自分にいつのまにか課している毎日行くという、一度に高額を使うよりも難易度の高い義務をこなすために、多くの場合には受け取ることができるであろう報酬も放棄して日夜忙しく過ごしている。

担当ホストがつかない席で気だるくヘルプたちと話し、営業後に「どっか連れてって」などとごねることなくさっさと帰り、むしろ自分の担当ホストにすら日常のルーティーンを崩されるのを嫌がる。ホストからすれば手のかからない最強のお客ではあるものの、彼女たちが支払っている代償に対して得ているものは、他人が外から見ているぶんにはあまりにバランス悪く少ないように思える。

それはおそらく報酬を放棄するほどの何かがそこにあるからである。キャッシュディスペンサーやカモネギなどと自虐しながらも、彼女たちは、おそらくものすごく稀有な誇りとプライドを持って生きている。そんじょそこらの根性では真似できない単調な行動によって、自分自身の価値と居場所を手に入れ、またそうしてきたことによる自負によって、かけがえのない存在であることを確認し、ある種の安堵を得る。少なくとも、イケメンと手繋ぎデートといった恋心よりも、そういった自尊心のほうが高額なのはもしかしたら当たり前なのかもしれない。

ワインレッドの8000万円

客を教育するホストたち

ホストで、半年で1600万円使った、というと毎日のように飲み歩いて豪遊していた、というような響きがあって、およそ真面目に仕事をしていたとも規則正しい真面目な生活をしていたとも思えない。それは別に私が特別偏見に満ちた人間であるかどうかにかかわらず、そう想像する。しかし、半年で1600万円使ったというその女の子が、その半年間でホストクラブに行った回数がたったの1回だと聞けばどうだろうか。

ホストクラブは例えば鏡月のボトルが約1万円だったり、ロジャーグラートとかいう見た目だけなぜかドンペリに似ているただのスパークリングワインが約10万円だったり、なぜか酒屋ではそれよりはちょっと高いはずの美味しいシャンパン（モエとかヴーヴとか）が5万円だったりと、一般社会から独立した謎な貨幣価値がまかり通っているところであるのは周知の事実だが、基本的な前提としては何でも高い。淡麗の350ミリ缶は1000円だし、当然そんなものは若いお兄ちゃんたちの手にかかれば数分でなくなる。

ただ、基本スタンスが一見さん大歓迎であるそういった業種において、例えば万馬券を当てたから初めてホストクラブで豪遊しようとか、どかっと印税が入ってきたから初めてホストクラブで豪遊しようとか思ったところで、初回で100万円の束をごそっと出すような飲み方をするのは実は結構難しい。うっかり予備知識なく店に案内されるままに入れば、2時間後に3000円ぽっちの伝票が来てしまうし、そこからまた店に勧められるがままに誰かを指名して飲み直しをしたとしても普通に飲んだら高くて5万円、1本くらいシャンパンを入れて思う存分シャンパンコールを聞いたって10万か、せいぜい15万円くらいのものである。

ただ、実際に100万円の束をごそっと出すような飲み方をしている方々も勿論いて、ホストクラブはそういった太客たちの涙ぐましい労働と散財によって成立している。キャバクラやクラブ、ラウンジ、あるいは風俗店に比べて客層が圧倒的に狭く、リピート率も低いのだから、客単価を高くするしかないのは当たり前なのだが、基本的にイベントで高額のボトルをおろしたり、締め日に10万円のシャンパンを10本頼んだりする客というのは、そういった日以外にもしょっちゅう同店に出入りしている常連さんであり、少なくともイベントや締め日には必ず来ているような客である。

ただ、何人も高額の出費ができる客を抱えるようなホストとしては、例えばAちゃんは自分の誕生日イベントや昇格イベントで超高額のシャンパンタワーなどメインの出しものを請け負う代わりに普通の月は飲みに来ても数万円のお会計で帰る、Bちゃんはそれ以外のイベント（例えば他のキャストのバースデー）に必ず顔を出してお祝いのシャンパンを入れる係、Cちゃんはとにかく毎日に近い頻度で店に来る係、と分担がなされているとありがたい。それなりにお金を持っている客が5人いたとしても、その5人が5人、イベント時にタワーをやりたいと言い出しても困るし、5人ともイベントの時にしか店に来ないタイプだったら通常の営業日はそのホストは毎日自分の客がおらず暇をもてあますことになるからだ。

もともと、ホストクラブに通い慣れている女の子であると、「私は毎日飲みに行きたい派」「頻度は少ないけど、行ったら必ずシャンパンを入れる派」など好みの飲み方が分かれているものだが、ホストによってはなるべく自分に都合の良い分担ができるようにうまく客を教育する。半年間、お気に入りのホストの店に一度も入店せず、1回のイベントで1600万円使ったアカリちゃんは、まさにそのようにホストに教育され、躾《しつ》けられ、美しく咲き誇ったタイプである。

風俗の面接に落ちたことない

アカリちゃんが指名していたホストは、つい1~2年前に現役を引退し、経営側にシフトチェンジしたらしいが、彼女が1600万円を使ったのは、彼が3年ほど前まで勤めていた「代表」という役職に就いてから初めてのバースデーイベントである。もともと指名本数は2年近くほぼずっと1位を維持していたという彼と彼女が出会ったのは5年近く前である。

もともと関西の大学時代からデリヘルや新地《しんち》などで働きながら、時々ホストクラブには遊びに行っていたらしいが、その頃の会計は、せいぜい5万円。

「大阪の時は、深夜に友達と飲みに行ったり、遊んでてちょっと初回で行ったり、指名もしたことあるけど、本当に友達みたいな。ワイワイ飲むのが楽しいから、5万とかは使ったことあるけど、リシャールとかルイとか入れる人は別世界って感じだった」

背が低いが顔が人形のようで可愛らしく、肌が白い彼女は、稼ぎに悩んだことはあまりない。大学を辞めて東京に出てきたのは、改めて看護大学に通うためではあったが、結局その学校も辞めた。

「セクキャバとかでちょこちょこ働いてたけど、やっぱり風俗のほうが向いてて、デリやって、でもスカウトにすごいいい条件の店教えてもらってからはずっとソープ。最初は堀之内にいて、その後は吉原」

堀之内の店でも吉原の店でも2時間コースのバックが5万円の高級店に受かった。店で一番背は低かったが、Fカップのバストと顔で、今のところ、風俗の面接に落ちたことはない。稼ぎは調子が良い時には1日20万円を超える。デリヘル時代からたまに歌舞伎町でホストクラブやバーに飲みに行くことはあったが、本格的に通い出すのはソープに入った頃である。

デリヘル時代は友人と初回に飲みに行くか、初回で行って雰囲気が良かった店に何度か指名で行く程度で、一度に10万円使ったことはなかった。そうこうしているうちに、運命の担当と出会うわけだが、出会った直後から高額を使っていたわけではない。そもそもその担当ホストはナンバースリー以内を常にキープし、客数が多くすでに店の幹部の座についていた。しつこい営業LINEや電話が来ることもなく、お酒が飲みたい時に自分から連絡して飲みに行く程度の関係を続けていた。

本営スタートの鐘が鳴りそう

たまたま飲みに行った日、ヘルプについたホストが誕生日当日だというので、初めて5万円のシャンパンを入れると、担当ホストがアフターに誘ってきて、バーで少し飲んだ後、ラブホテルに泊まった。

「付き合う?的に言われて本営（本当の彼女だと思わせる営業）っぽくなったのはもうちょい後だけど、その時はもうこっちは好きすぎるってなってて。東京で彼氏できたことなかったし、そもそも実はその前から相当好きだったのかも。会いたくて週に1回くらい行くようになってた。他のホストでそんなに何度も指名したこともないし、別に店の外で会いたいとかも思わなかった。うち中学から女子校だから、からかわれるとか、共通の知り合いいる人と付き合うとかがなくて、ヘルプとかの店グル（店がグルになって営業すること）ってわかってるようなからかいとかも新鮮だった。お似合いだよねーとか」

その後も時々シャンパンを入れるようになり、しばらくして彼から、「ホストとして以外にも男として考えてほしい」という、本営スタートの鐘が鳴りそうなことを言われる。店が休みの日には一度だけドライブと映画館に行ったが、基本的に会うのは店に行った時と、その後のアフターだけだったわけだし、彼女も彼の言葉を鵜呑みにするほどお幸せな性格ではなかったが、それでも彼に会いたくなれば店に行き、なるべく彼にとってなくしては困る重要な存在になろうと、使う金額も上がっていった。当然、売れっ子で月に300万円以上の売り上げがある彼にとっては10万円20万円使うような客はいくらでもいるような気がして、自分の必要性を示すにはそれなりの資金がいると思っていた。

「●●くんといえば私」と思わせたい

イベントで高額を使うことは、元はと言えばアカリちゃん自身の提案だったらしい。彼の代表昇格祭で500万円近いタワーをした客を見て、次のイベントでは自分があの場所に行きたい、いやむしろそれ以上のことをして圧倒的な存在感を示したいと思った。

「もはや彼氏とかいうことよりも、他の客に●●くんの客といえば私、●●くんには私がいるから無理、みたいに思わせることのほうが重要で。その時は、月エース（その月に一番お金を使った客）になってることもあったと思うけど、やっぱりイベントとかでバーンってやったら、●●くんイコール私みたいになるでしょ。で、半年後のバースデーとかもう決まってるの？　って聞いたら決まってないって言われたから、じゃあ頑張って貯金するねって言ったら、そしたら、それまで無理しないで店には来ないでも大丈夫って言われた」

彼女は出勤日を増やし、店が休みの日でも客と会ってお小遣いをもらう忙しい生活を始める。彼は、他の客の相手で忙しくなかなか深夜に家に会いに来ることはできず、仕事前の昼や夕方はアカリちゃん自身が仕事をしっぱなしだったため、会うことはなくなった。

電話やLINEでやり取りはしていたが、休みの日にせっかく彼から誘いの連絡が来ても、上客の予約が入っていたり、高額のお小遣いをくれる客から誘いが来ていたりすれば、そちらを優先せざるを得なかった。

「ただ、向こうも会ってないと、私がちゃんとオカネ貯めてるかとか、他の男に走ってないか、とか、直前にやっぱり使わない、イベント行かないって言い出すかもしれないと思うだろうし、信用してほしくて、変に疑われるのも嫌だし、ストレスなく楽しみにしてほしいから、店のキャッシャーにその日の稼ぎを持っていって、そこで入金だけして、店には入らないで貯めるっていう形にしたの。途中から」

彼女は、店を貯金箱か銀行のように使い、仕事が終わると当日の稼ぎから1万円や2万円だけ手元に残して、他全てを預ける、という、ホストからすれば願ったり叶ったりの手法を自分から提案してお金を貯めた。当初は半年で1000万円は貯めて、まだその担当ホストが入れてもらったことがないというワインを入れようと思っていたが、思いの外貯金の調子はよく、あと100万、あと100万とやっているうちに3ヵ月とちょっとで1000万円貯まってしまった。それまでの彼女の稼ぎはあまり熱心に出勤していなかったせいもあってせいぜい月に100万円ちょっと。そうなってくると、さらに期待値以上のお金を貯めて、より誰も敵わないイベントにしたいと思い、スピードを崩さずほぼ毎日のように入金に通い、1600万円の貯金に成功する。入金に行った日は、都合が合えば彼の仕事が終わるまで喫茶店で暇を潰し、ラブホテルに行くことはあったが、その半年間で休みの日に彼と会った回数はほぼゼロだった。彼女が風邪をひいてどうしても店に出勤できないとなった日に、彼が冷却シートと薬を持って来てくれたことはあった。

イベントでは、予定通りのワインの他に結局シャンパンタワーも彼女が注文することが叶い、店ではしばらくその話題が噂になるほど伝説のイベントとなったらしい。私は別にその場に立ち会ったわけではないが、タキシード風のスーツを着た担当ホストと彼女の勇姿は携帯カメラで撮ったらしき写真で見せてもらったことがあり、それまでの入金の日々を聞いた後だとその笑顔の清々しさと達成感はあまりに眩しかった。

お金の使い方にもったいないもクソもない

300万円のお酒、50万円のシャンパンという話になると必ず、それだけあったらマンションの頭金になる/車買える/整形できる/旅行行き放題などと、その重みの話になり、もったいないだとかよく考えなよとかいう結論に行き着く。確かに、1600万円あったらできることはかなり幅が広いし、1年間仕事をせずに遊んで暮らせる額である。もったいないと凡人の私も思う。

ただ、正直彼女はその担当ホストのイベントがなければそんな金額を短期間で稼ぎ出すこともなかったし、逆に突然前の日にイベントをキャンセルして1600万円手元に残っても、

「うちブランドとかに無駄金使わないし、旅行嫌いだし、マンションとか興味ない」のであって、どうしようもない。800万円のワインというと一般的な価値観では途方もなく高いが、それを景気良く開けてするドヤ顔と言われるお礼は800万円のワインを開けたことのない人には経験し得ないものであってやはり800万円使わなければ手に入らないものである。地震で壊れちゃう家に数千万円かけるのも、ロゴがついただけで値段が10倍になるようなバッグや服に何十万円かけるのも、全くもって個人の自由であり、そしてそれを購入したという事実はその金額なくして完成されないものであるから、やはりお金の使い方にもったいないもクソもないのではないか、と考えさせられた。

第7章

プライドはお金で買える?

歌舞伎町ラブホの華麗なる生活

家賃30万円は高いのか

彼女の「家」は歌舞伎町のとあるラブホテルの最上階にあった。月額に直して計算すれば30万円近くなるその「家賃」を「もったいなくない？」と私が笑うと、

「すたるかな、と思って。家賃25万円以下の生活とかって。その分、私、男には絶対使わないから。男の金で暮らすのも嫌だから仕事は続けるけどね」

と彼女の口調はなんだか家賃30万円を高いと思っている私が気恥ずかしくなるようなものであった。

すでに6ヵ月もの間そこに住んでいて、その間、地元である大阪には一度も帰っていない。友人という友人もいないため、基本的には仕事以外でそこから出ることも少なく、東京で電車に乗ったのはたったの2回だと言っていた。

リリと名乗る彼女は、MOUSSYやSLYなどのダークカラー系ギャル服が似合う22歳である。髪の毛は金髪に近い茶髪で、若い子らしい細長い脚に好意的に見ればEカップの胸がついているうえ、顔は、ややお直しの痕跡があるものの香里奈《かりな》をちょっと庶民的にしたような美人

である。さらに、喋り方も高飛車で、ギャル服のくせに化粧品は外資ブランドで揃えていて、ちょっと嫌味がある。デリヘル店1本で月収はチップも合わせれば250万円を下らない。

1日も休みなく働く風俗嬢というのはそれほど珍しくはない。ただ、彼女の場合は勤めているデリヘル店のホームページ上では、ほぼ毎日24時間ずっと勤めていることになっている。

当然、そのような出勤形態はお客から見ても異様なのだが、店はとりあえずその日の早番の時間に出勤時間を朝10時~夕方5時とでも載せておく。で、彼女のほうに特別用事がなければ午後3時くらいに、勤務時間を午後3時~夜11時とでも変え、夜10時頃になったら同様に夜10時~朝5時などと変える。

彼女はいわゆる「自宅待機」を許されているため、客についていない時はホテルの一室である自宅で寝たりテレビを観たりしており、客が入ると店から電話がかかってくる。携帯電話の音量を最大にして寝ているため、大抵気づくが、睡眠が深くて気づかない場合はホテルのフロントに電話してもらい、フロントから部屋に電話が来るようにしてある。これで起きないことはまずない。

電話が来てから30分くらいで店の車がホテルの前に到着、それに乗り込み、ホテルや客の自宅に派遣される。直前まで寝ていた場合、車の中でちょっと寝たりまどろんだりすれば到着する頃にはそれなりに目が冴えているらしい。接客の後、再び店の車に乗り込み、客が続いていればそのまま次のホテルなどに移動するが、続いていなければまた自宅に戻れる。

「続くときは4本とか。続いて入ったこともあるけど、逆に5時間以上鳴らない時もあるし、まばらだからとりあえず常に呼び出せるようにしとけば適当に休めるし、混んだタイミングで稼げるよ」

という彼女は、たまたま渋谷や六本木で仕事が入り、その後に仕事が続いていない時は、そのままそこで車を降りて出かけることもあるという。約1年前に最近の流行りは六本木ヒルズのエル カフェで買えるコールドプレスジュースを買って帰ることと言っていたが、先日は脂肪溶解注射と好きな成分を混ぜて打ってくれる点滴カクテルにハマっていると言っていた。

上京組は美人で自信満々な子が多い

彼女の取り分は60分コースで1万8000円である。90分で2万4000円、120分で3万2000円。延長した場合は30分9000円。本指名はプラス5000円。

容姿もよくて、接客も感じがよく、若くて明るい彼女はそれなりにリピーターの客もいるため、1日の正規の稼ぎはそこそこ調子がよければ10万円は超える。そこに、プラスのサービスでチップをもらえばプラス1万、2万。生理中も海綿を丸く切ったものを膣に詰めて出勤するので、かけることの月30日。高収入である。

聞けば彼女は大阪でも郊外の実家を離れて都心でホテルに住んでいたという。特に借金があったわけでも、急な出費に困っていたわけでもないが、キャバクラに1ヵ月だけ在籍した後、すぐに風俗店に移った。東京での生活と同様に、生活の空き時間をほぼ出勤にするスタイルで、月収はすぐに100万円に届いたが、2店舗ほど店を移ると似たような客に出くわすようになった。そのうえ、「店の従業員の意識がマジで低い」のが気に入らなかった。ひとまず、知り合いのスカウトに東京のデリヘル店を紹介してもらった。

ただ単に都心や復興需要の土地でまとまった資金を稼いで地元の家族を養うような男の「出稼ぎ」の意義のようなものの他に、女の出稼ぎには自分を知る人の多い地元ではしづらい仕事ができるといった意味もある。また、食い荒らした土地で稼げなくなった女が新たな狩場を開拓するという意味もある。

現在の主流は、東京の風俗で一通り稼いだ女性や東京の風俗では需要のない容姿に恵まれない女性、周囲への身バレを極端に気にする女性が、地方の風俗店の期間限定の募集に1週間や1ヵ月単位で最低収入保証付きで稼ぎに行く形態である。まとまった金額が入るうえに、保証付きであれば収入の見通しがたてやすいとあって人気だ。

逆に、地方から東京に出てくる夜職女性というのももちろん存在するのだが、その場合は1週間や1ヵ月の短期決戦ではなく、引っ越して腰を据えて東京で就職するいわゆる「上京」が一般的である。

そうすると最早出稼ぎという言葉はあまり適切ではなく、単なる地方出身の風俗嬢やキャバクラ嬢であって、愛媛生まれで日経の記者になっている私の同期なんかとあまりメンタリティは変わらない。ちなみに、東京から地方に出稼ぎに行く嬢は東京で稼ぐ自信のない者が多く、地方から東京に稼ぎに来る嬢は自信満々な子が多い。リリもまた、プライドが高くて自分の容姿にそれなりの自信がある上京組である。さらに仕事意識が異常に高い。

デリヘルは女性にとっての働きやすさ、すぐ稼げること、気軽な出勤システムなどをうりにしていることが多いため、高級ソープなどに比べると女性への接客教育はほとんどないに等しい。性病検査を受けずに働き続ける女性も多い。客としてもその素人っぽさを楽しむ人も多いのだが、リリはそういった女性も客も「ありえない」と一蹴する。ローションを使ったシャワーサービスやパイズリなどを怠らない。ローションを口に含んだ状態でのフェラチオなど、自分で開発したオリジナルサービスにも熱心である。

「大阪で在籍してたところに比べればましだけど、今の店の従業員もできないやつが多すぎる」と不満が多い。

「今まで呼んだことがない子がいいっていう客の注文に、ちゃんと初めての子つけずに前にもついたことある子つけたり。車の配車間違えて、客の家で30分も待たされたことあるよ。じゃあ延長分従業員が払えって思う。女の子も嫌い。たまに3Pで女の子と一緒にお客についたことあるけど、みんなマジで働かない。客にされるがまま」

公共料金コンビニで支払うのが貧乏くさくて嫌

正直、風俗の客が嬢に求めることは結構それぞれで、きめ細かいサービスをよしとする人もいれば、プロじみた接客に興奮しない人もいる。ので、私は彼女の仕事哲学にはそれほど興味はなかった。それは、キャリア志向ばかり高くて周囲のおじさんが完全にひいている状態の会社の先輩に感じていたそれと似ている。

ホテル暮らしの理由も、

「仕事以外のことであんまり時間使うの嫌。家具買うとか、ガス開栓呼ぶとか、役所の手続きとか、料理も興味ない。公共料金とかコンビニで支払ってるのもなんか貧乏くさくて嫌」

と言っていた。

彼女はホテル暮らしで仕事命の高収入女性であり、家賃10万円のアパートなどに住んで「すたる」ことのないよう、仕事の努力は怠らない。収入は家賃や出前の食費、美容などに使う。確かに何度会っても、髪の毛を染めそびれていることもないし、ネイルが欠けていることもない。

ラブホテルに缶詰になって24時間勤務などと聞けば、何かに向けて稼ぐための我慢期間か、事情があって強要されているような悲愴感を感じる場合もあるが、彼女の場合、そのホテル暮らしの仕事漬けの毎日こそがすたらないために手に入れたい生活なのであって別に稼ぐための手段としての場所ではない。稼ぎながら優雅な生活をする自由が完結していて、そのサイクルは終わらない。

給料は苦痛の対価である

仕事は食べるためにする、というのが基本的な真理だとは思っているが、それだけでは当然説明がつかないのが人間の可愛らしいところで、食べられるほどの対価がなくとも嬉々としてやりたい仕事にしがみつく人もいれば、全く一生食べるのに困らないほどの収入があってもさらにそれを倍にするにはどうすればいいのか考えるのに毎日を費やす人もいる。

最近の主流の、というか素敵な人たちの主張としては、ただお金を稼いだり社会的地位を上げたりするために働くというのは若干古いというかバブル臭がして、もっと自己実現や生きる意味に繋がるような働き方を望む人が増えている、というのもよく聞く。それは別に新しいわけではなくて、マルキューの店員やグラビアアイドルみたいな名誉職は「それをやってるワタシ」という自尊心が重要なのであって、それにつけこんでというと聞こえは悪いが、びっくりするほど安いお金で働いていることもある。

基本的には、欲しい収入というのがあって、それを満たせる職の中で、最も自分がやりたい、あるいは向いている、あるいは不快感が少ないものを選ぶというのが正常な職業選択であると私は思っている。ただ、就職試験と新卒採用が結構な比重で人生を決める昼職の世界はなかなかそうもいかなくて、せいぜい正社員だとか土日休みだとか自分が譲りたくない最低限の条件を照らし合わせたうえで、受かったところで働くという人も多い。

一方、新卒などが関係のない夜職の場合は、よりその条件と内容と対価での判断の占める割合が高く、自分のスペック（年齢と体型と顔）を基準に、最低でもいくら欲しいか、（体力的にもプライド的にも）どこまでできるか、を鑑みて職種を決められる。本当は月収１００万円は欲しいけど風俗だけはやりたくないからキャバクラで60万円に甘んじるとか、本番は抵抗がないし最低1日10万円は欲しいけどNS（ノースキン）だけはイヤだとか、顔の写真や動画が全国にばら撒かれるくらいならNS店で働いたほうがマシだとか、キスと指入れは耐えられるけどオーラルだろうが下のお口だろうがチンコだけは絶対触りたくないし触るくらいなら月収50万円以下でも致し方ないとか考えながら仕事を選ぶのが普通である。

人によってはSMが好きでたまらないとかAV女優として有名になるのが生きがいとか、ごくたまには売春が大好きとかいう変わった人もいるが、基本的にはそういう人は割と少数派で、高額のお金と引き換えに何かしらをすり減らして生きている。私は最近の主流の、というか素敵な人たちと違って給料というのは昼だろうが夜だろうが苦痛の対価であると固く信じているので、別にそれについてはなんとも思わない。

で、この苦痛というのが人によって結構様々で、最近貧困系ルポに登場しがちな月収20万円に満たない風俗嬢なんかの事例を見ると、そんな金額なら何も裸になったり知らない人とホテルなんか入らなくても昼職バイトでも探せばいいのに、と思うのもまたごく真っ当な意見ではある。そうではあるのだが、当人にとっては、月収20万円で毎朝7時に起きたり、生理中も変わらず労働させられたりする苦痛に比べれば、人前で裸になったりおじさんとホテルに行ったりするほうが余程ラクという人もいるので安易に救いの手を伸べるのは非合理的である。そもそも圧倒的な出勤の自由度こそ夜職の魅力だと考えている人は少なからずいるし、シングルマザーなどその恩恵を十分に受けている人も多い。

ただ、やはりその職種に世間が期待する相応の金額というのはあって、例えばコンビニの深夜バイトの給料が時給5000円だったり、逆に高層ビルの窓拭きの時給が800円だったりすれば、何かがおかしい、と人は訝《いぶか》しむものである。そして、1本10万円以下のギャラでAVに出るという行為は多くの人にとって、その類いのものであるらしい。というか、デビュー作から10万円、2本目以降は3万〜6万円で出演するアオイちゃんに会った時は、私自身もドン・キホーテに並んでいるかのようなその激安の殿堂っぷりに結構驚いた。

AV女優は代償の大きな仕事、のはず

3900円でオンナが買える時代にエロ産業が高額バイトであるわけもないというのは、普通に考えればそれはそうなのであるが、AVというと一生その赤っ恥の姿を世間に晒され続け、結婚相手の親にお股広げてにゃんにゃん言ってる姿がバレて絶縁され、真っ当な会社に入

ればそれだけで『週刊文春』にスクープされ、内緒にして付き合った彼氏は発狂し、元AV女優として以外の人生はその後1秒たりとも生きられなくなるという意味でかなり代償の大きい仕事である。

AVのギャラというのはその9割はそういった未来永劫背負い続ける重苦しい苦痛の対価であって別に男優さんの清潔な男性自身を手でコスコスしたりクソ寒い2月の沖縄の浜辺で半裸で寝っ転がったりすることに対する対価ではないというのが私の個人的な実感を伴った意見だが、というかだからこそデビュー間もない女優には高額のギャラが支払われ、またテレビや雑誌に露出してさらにその赤っ恥の姿を世間に色濃く晒す人気女優に高額のギャラが支払われるものだと思うのだが、そう考えればなおさら、すでに何十本も出演していてたたき売り状態になっているわけでもなく、しかも顔もスタイルもなかなか魅力的な中の上以上のスペックの女性が10万円以下で出演すると聞くと驚く。

アオイちゃんは、まさしく乳こそ小さいものの、例えばデビュー作のギャラが本人の手取りで150万円だったかつての私の事務所の同期の女の子に比べて、ものすごく劣るルックスではない。身長は155センチと低め、肌が北欧の人並みにあるいは北欧の人より白く、若干お直しの痕跡がある目元は異様に眼力があり、手足は細いが痩せすぎた感じもしない。そして3年ほど前に上京するなり10万円でAVに初出演を果たし、その後も1年間ほど月に1~2本のペースで出演し、現在も一応プロダクションには所属している。

「マネさんと仲良しだし、やめる理由は特にない。Vの話はあれば受けるけど、今年入ってからは1本しか出ていない。その時のギャラは6万円で、女の子3人の現場。スカトロ以外NGなしだから、結構ハードなこととしているよ。アナルが結構多かったし、中出しものとかナンパ系の外で撮るのもあるし、あとはSM系もあるけど、昔みたいな怖いSMってあんまり最近ないね。あればやりたい（笑）」

彼女のようなギャラで簡単にAVデビューし、その後はほとんど出演しない人自体は、別にものすごく珍しいわけではない。10年以上前であれば、低スペックだったり年増だったりすればギャラが低く、それなりに可愛ければ単体契約はなくとも少なくとも40万円くらいのギャラはもらえるのが普通だったが、時代の流れは速く、供給過多となった昨今は価格破壊は底を打っているのは有名な話。しかし、多くの低価格高スペックAV女優たちの狙いは、現役AV女優の肩書を手にして自身の風俗単価を釣り上げ、好条件でソープやデリヘルに入店して荒稼ぎすることにあるため、AV自体はほとんど、物流会社に入るために先行投資で大型免許をとる、とか、良い条件で就活するために短期留学してTOEICを900点台にする、に近いものであり、ギャラが10万だろうが40万だろうがあまり関係がない。そしてそうまでして風俗で荒稼ぎしている嬢たちはホス狂いが多い。

だからこそ、別に風俗で荒稼ぎしているようにも見えないし、ホストなんて行かなそうなアオイちゃんが激安価格でAV出演する理由は、当初は私にもよくわからなかった。彼女はAVこそ企画の末端価格で出演していたが、撮影会や雑誌の撮影などは積極的に出て、時にVシネマのオーディションも受けていた（そして落ちていた）。

ただ、そんなことをしたところでAVのギャラを含めた収入はせいぜい20万円ちょっとなのだが、彼女はここ2年ほど、都内のあらゆる交際クラブに「グラビアモデル」「現役モデル」「セクシータレント」として登録し、1回5万~10万円で小金持ちを食い散らかすことをしていた。なるほど、以前知り合いの医者で交際クラブ2ヵ所の会員となっている人に、登録女性の情報データを大量に見せてもらった時、どう考えても見たこともなければ見ることもなさそうな自称モデルやタレントが大量に目に入ってきたのだが、ごく一部の本物以外はこのように量産されていたらしい。

ただ、ここまでだと、AVでほのかな付加価値をつけて好条件で風俗店に入店する人と原理はそれほど変わらない。ただ、アオイちゃんにとってはこの2つは死ぬほど違い、その違いに一線を引くか引かないかで人生が変わってくる。

どうしても港区に住みたい

「とりあえず高校出て上京して、若い時はキャバでもいいから時給の高いバイトでなるべく苦労しないで、そのあと、映画とか雑誌とかの業界で、クリエイターみたいになりたいと思ってたけど、キャバで働いてみたら酔って帰ってきて潰れて寝て、次の日起きるともうちょっと用意してゆっくりしたらヘアメの時間で、毎日こうやって過ぎてくとそれ以外に何もできなくて気づけば30歳超えてたら怖いと思った」

しかし、彼女はどうしても綺麗なマンションに住みたかったし、港区に住みたかったし、安い服に安い靴など絶対に身に着けたくなかった。しかし、風俗に対する世間のイメージや自分のイメージが「悪すぎて」、そこに落ちると絶対に後で恥をかくと確信したらしい。

「どうせなら次に繋がる、とか、次に行った時にハクがつくとまでは行かないけど、経歴としてネタになることならできるなって思って。元風俗嬢と元AV女優だと、メディア受けが違うじゃないですか。でも、最初に事務所に行った時に、単体なら整形とかデビューまで時間がかかるって言われて、だから企画単体からやることになった。交際は、最初は事務所に紹介してもらったところ。で、あとは自分でスカウト使って行った。収入はコントロールできるし、後で経歴にバツがつかないなら、抵抗はない」

かつてAVというのはお金に困った女子がお金を稼ぐために飛び込む先であって、その高額な収入の代償として経歴的にはかなりバツがつくものであった。かつて、というか、今でも基本的にはそうであると思う。

そして交際クラブもまた、風俗の一形態として利用されているに過ぎず、なり手の属性も風俗店と一致しているというのが最近の常識ではあると思う。

しかし、元AV女優と元風俗嬢のメディア受けが違う、という独自の、若干謎の価値観をもつアオイちゃんにとって、AV出演は次に繋がる行為らしく、それ自体の値段が安く、人気がなくとも特に問題がないものであるらしい。AVのギャラが自分より高くとも、「AVに出すぎて忙しくなったり、風俗で働いちゃったりした子は次に繋がらない」ため、彼女に嫉妬心はない。そして言語のイメージにうるさい彼女にとって交際でお金持ちとデートすることと「風俗落ち」することとの間にも深い溝があり、前者は彼女の華麗な経歴を傷つけない。

とりあえず彼女の華麗なクリエイターへの道は始まったばかりで、今のところＡＶ出演という彼女の経歴の強みは、ひとまず交際クラブでモデルやタレントを名乗れるというところでのみ、役に立っている。そして交際クラブでの売春は、全く知名度も人気も出演料も低いＡＶ女優の彼女が港区マンションに住めるほどの収入を支えるという点でのみ、役に立っている。

超低収入の隠れ富裕層

不景気がデフォみたいな時代に生まれ落ちた私たちの中にも、びっくりするほど稼いでいる人も、びっくりするほど使っている人もいる。それは事業に成功した経営者であってもそうだし、月300万円の収入に飽き足らずさらに収入源（金づる）探しに勤しむソープ嬢も、ホストの誕生日に500万円支払う太客もそうである。

一方で、貧困女子なんていうそのまま貧乏くさい言葉もよく使用される。張り切って上京してみたもののありついたアルバイトで月収13万円だとか、風俗店にもなかなか受からず、1本手取り5000円で売春するとか、出会い喫茶で不安定な援助交際を繰り返すだとか。鈴木大介さんの『最貧困女子』（幻冬舎新書）という死ぬほど暗い著作も話題となった。

日本にもそれなりにボンビー族がいるのも事実だが、貧困を統計的に見るのは極めて難しい。そもそもキャバクラ嬢も風俗嬢も確定申告をしているしっかり者はものすごく少数派であるし、風俗店に勤めてたとえその店からもらっている収入が月10万円だったとしても、客からの裏引きが月に100万円以上ある女子もいる。交際クラブでパパ漁りをしている女子の収入なんぞ本人だって大して把握していない。

夜職業界では表面上は超低収入、実際手にしている札束は超高収入という隠れ富裕層は当たり前にゴロゴロいて、特にホストクラブ周辺では、超高収入であってもその収入の9割……いや多くが13割くらいをそのままホストに流してしまう女子が多いため、超高収入ながらも家賃や光熱費滞納組というのもまた一定数おり、何が富裕で何が貧困なのかは実のところよくわからない。実は裏収入でリッチな人もいれば高収入高支出の人が貧困に見える場合もある。

ただ、もちろん額面通り低収入の人もいる。別に１００万稼いでも売り掛け１２０万なので結果貧困、というのではなく、最初から収入が少ない人。夜職であってもそれは変わらない。

ただ、夜職の低収入者の内情を探ると、大抵大きく分けて２つの派閥に分かれる。

１つ目の派閥が、おそらく性格暗めのルポライターが好きそうな、顔面偏差値もコミュ力も低く、情報弱者で騙されやすく、田舎出身で親や友達のツテもなく、キャバクラにも風俗店にもなかなか雇ってもらえないうえに、雇われたところで本指名客なんて摑めないし、そもそもそれほど電話も鳴らない店だったり１本の手取りがものすごく安かったりする人たちである。スカウトに言われるがままAVプロダクションにも所属してみたが、半年間できた仕事と言えば裸で殴り合いをするキャットファイトもの（ギャラ３万）が１本と、ブス専門素人ナンパレイプものが１本、とか。

もう一方の派閥は、本人のスペックにはあまり関係がない。キャバクラや風俗店の面接は受かるし、出勤すれば時に10万円以上持ち帰ることも余裕、気に入ってくれるおじさんからはちょくちょくＬＩＮＥが入ってくる。しかし、出勤しない、という人たち。シフトを組み、次回の出勤日を確認して、当日の出勤確認までしても店までたどり着けない・ベッドから起きられない・遊びの予定を断れない。鬼出勤の真逆、働き虫の対極にあるこのキリギリス娘たち、意外と数が多く、私の古くからの親友の元同僚であったレイナちゃんというのがまさに5年越しのそれである。

自虐ツイート連発

レイナちゃんの昨年11月の収入は6万円だった。出勤日数は実に1日。それも5時間である。それ以外の日に何をしていたかと問えば、別に何もしていないらしいのだが、兎にも角にも「出勤しなきゃいけないのはわかってるんだけど、今日どうしようかなと思ってると1日終わってるんだよね」らしい。

ちなみに繁忙期である12月と1月は年末年始の人不足の期間にまとめて出勤したため月の収入は32万円、22万円と比較的順調。2月は2日間の出勤で収入12万円だった。11月に滞納した家賃12万円を12月にまとめて支払い、その他カード払いしていた服飾費などもあったため、2月の時点で再び家賃は滞納している。

それほど精密な検査を受けているわけではなかろうが、特に病を患っているわけでもなく、精神的に疲弊しているという自覚もない。家にいるときはひたすらTwitterやYouTubeを眺めて、夜になるとテレビも観る。

家が近所の友人とは3日に1回ペースで会ってファミレスや居酒屋でぐだぐだと喋り、時に彼氏とは呼んでいない男性と出かけてその彼の家に泊まったり、以前の職場の先輩の家にペットを見に行ったりもしている。

顔は中の上くらいだが、Gカップ近くある程よく柔らかい肉のついた身体で、彼女の風俗スペックは高く、吉原で最も高い部類の高級ソープに在籍したこともある。

AVプロダクションにも所属しており、以前は企画単体女優としてかなり条件のいい撮影を何本か経験した。その頃の最も高かった月収は400万円。

「当時、そこそこホス狂いだったたし、小鼻縮小どうしてもやりたくてまとめて稼ぎたかったからそれくらいあっただけで、出勤しなくなったら一気にお金なくなった」

18歳から22歳まではガールズバーやキャバクラのほか、アパレル店員なども経験し、23歳で風俗デビューした。ソープにはしっかり出勤していた半年の後も1年ほど在籍していたが、うやむやに辞め、AVも特に引退などを宣言したわけでもなくなんとなくやらなくなった。出勤が自由なデリヘルを何店舗か転々とし、28歳の現在に至る。転々としたといっても逐一、入店・退店をしているわけではなく、無断欠勤をしてそのまま連絡を放置し、謝って再び出勤するのが面倒であるがために新しい店に面接に行き入店するということを繰り返しており、未だに写真が掲載されている、つまり在籍していることになっている風俗店が4店舗もある。

「昼の仕事とかだったら考えられないくらいだらしないことしてるのはわかってるけど、デリなんて女の子飛ぶのに慣れすぎてて2回くらい連絡無視すればもう連絡もこないし。遅刻しても出勤すれば喜ばれるし、当欠も連絡さえすればペナルティも何もない。私みたいな性格には向いてる。ただ、オカネなくなるからほんとはパパとか欲しいけど、太客とか良客の連絡も返すのめんどくさいってなっちゃうんだよね」

特に服や化粧品にこだわりがあるわけでもない彼女だが、身に着けているものがぼろぼろの安物ばかりかというとそんなことはなく、やや年齢にしては若者向けの、それでも可愛い服を着て、ブランド物のバッグを持っている。たまたま高収入だった時などにまとめて買ったり、プレゼントにもらったりしているのだという。

彼女のTwitterなどを覗くと「出勤するつもりが出勤時間に起きてさらに二度寝しちゃった」だとか、「やばい、風俗嬢の財布の中身、ただいま3205円」などのやや自分を嘲笑《あざわら》うような自虐的なつぶやきが羅列している。しかし彼女の文や実際会った時の言葉なら尚更、特に悲愴感はなくなんとなくダメな自分を笑うようなところすらある。

夜職の魅力は「自由出勤」

夜職のことを「高収入ワーク」「高収入アルバイト」などと呼ぶ文化もあり、確かに20歳の特に有名でも有能でもない女の子が月に100万円稼げる可能性が高いメジャーな仕事と言えばキャバクラか風俗かエロモデルなのは事実なのだが、3900円で性のご奉仕が売買される世の中で、その呼称は大変微妙である。高収入ワーク専門と書かれた求人誌に、1日フルで働いても手取りが2万弱のピンサロやオナクラが掲載されていると非常に笑える。

実際、夜職を選択する女性たちが必ずしも「高収入」狙いかというとそうでもない。そうでなければ流石《さすが》に3900円でサービスがやりとりされるビジネスモデルには無理があるだろう。彼女たちの中には、どう考えても何か昼の事務職やアルバイトでも探したほうが収入的には水準が上がるであろう状況にいてなお夜職を選択し続ける者もいる。セックスワークが好き、一対一の接客以外したくない、服装や髪型を変えたくない、理由は星の数ほどあるのだが、その中でもあげる者の多い理由が時間・出勤の自由度である。

それこそ高級ソープやキャバクラなど出勤日数にかなり詳細な規定があったり、ペナルティがある夜職も存在するが、職種や店の性格によっては驚くほど自由度の高い店もある。

以前、バックが非常に低額な風俗店で働くシングルマザーに、昼職のほうが安定して稼げるのではないかと疑問を投げかけたところ「子供が身体弱くて頼れる親も近くにいなくて、しょっちゅう仕事にいけないことがあるけど電話さえすればOK、逆に今日は24時間働けるってなったらそれもOK、今週は働かず来週は4日も働くとか、今日は昼に働くつもりだったけどやっぱり夕方以降に働きたいとか、それ、全部叶えてくれる仕事が他にあればそっちをしてもいいよ?」と言われて深く納得したことがある。

そういった意味ではレイナちゃんは夜職の最も大きな魅力の一つである自由出勤という側面を最大限満喫している女子であるとも言える。

働きたくない日は出勤の予定が入っていても働かない、こなせないシフトは組まない、突然働きたくなったり、鼻の整形やホストクラブの売り掛けがあったりすれば黙々と働く。

別に大きな借金をしているわけでもなく、贅沢ができないストレスに苛《さいな》まれてもいない。いつ会っても割と金欠だが、それは甘んじて受け入れている。

「将来とか不安じゃない？　って言われればそうだけど、ぶっちゃけ千葉の実家は持ち家だし、最悪帰ればなんとかなるかなって気持ちもどっかにはあるよね。でも今は新宿から離れたくはないし、のんびりしているのが好きだし、またホストとか整形みたいに熱中できるものができたらがっつり働くかもしれないし」

彼女の「風俗満喫」生活は今のところ、終わりが見えない。

お嬢様は究極のカルト

週1でいいから誰にでも言える仕事を

夜職についている女の子は、自分の職業について誰かしらに嘘をついている子が多い。友達はキャバクラに勤めていることを知っているけど親にはバーで働いていると言っているとか、友達にも彼氏にもキャバクラに勤めていると言っているけど実はデリヘルで働いているとか、友達には風俗で働いていることは言っているが旦那にはパートに出ていると言っているとか。

真っ当な感覚を持っていれば持っているほど、嘘をつき続けるのは心が疲れるものである。だから私はたまに年下の女の子に相談されると、週に1日でいいから誰にでも言える仕事なりバイトなりをするように勧める。カフェでバイトでもなんでもいいのだが、そうすれば別に夜職をカミングアウトしたくない相手に対しては職業を聞かれたらカフェでバイトしていると答えればいいのであって、嘘をつく必要はなくなる。言っていないことがある、というのと嘘をつく、というのでは自分の心理的なストレスがだいぶ違うからだ。

平日はメーカーに勤めるＯＬで、土日だけ交際クラブで知り合ったおじさんとセックス付きのデートをしているとかいう子は、別に土日の行動についてあらゆる人に報告はしていないだろうが、別に多くの人は他人にそれほど興味がないので、メーカーのOLと言われればそれ以上の副収入など気にして詮索してこないし、時々「昨日の休み何してた？」なんていうたわいもない会話で少量の嘘を交えたトークを強いられることはあるかもしれないが、それは別に夜職に限らず不倫している人だってそうだし、あんまり人に言いたくない趣味（パチンコとか）ばかりに時間を使っている人だってそうなわけで大したことではない。

ただ、地味に貯金していたりコソコソ趣味につぎ込んでいたりする分にはそれほど気にならないものだが、派手にお金を使っていれば、当然周囲はそのお金の出どころを知りたがる。人間というのは結構バカなので、潤沢にお金があるとそれを見せびらかしたり見栄を張ったりしたくなる時期があるらしく、しかしその出どころについては知られたくないので、そういう場合には大抵似たような嘘をつく。

私が大学院生だった2007年頃、銀座のクラブでヘルプのバイトをしている友達が続々と同じ銀座地域のキャバクラや西麻布のラウンジなどに移った。不景気のせいかクラブのヘルプでは出勤調整で働きたい時間に働かせてもらえなかったり、同伴の予定がないと出勤を控えなくてはいけなかったりしたからだ。私もまた、クラブのヘルプから知り合いのホステスさんが独立して始めた小さいラウンジバーに移ったところであった。

その店は出勤している女の子はママ2人を除くと5人程度の小規模な店で、女の子たちはみんな時給で働いていた。指名や同伴は推奨されていたが、ノルマや売り上げバックのシステムはなく、よってほぼ全ての女性が副職や学生のバイトとして勤めていた。ゆるゆるとした水商売なのでものすごく高額なお金が入るわけではないが、学生のバイトとしては割りがいいし、OLの副収入としても十分で、本業に何をしているかどうかで生活レベルはまちまちだった。

欲しいものの我慢するとブスになる

リカちゃんという私の1歳年上の女の子は、もともと赤坂のキャバクラでバイトをしていたようだが、求人情報を見て銀座に移ってきたばかりだった。昼間は最初不動産会社の営業をしていたのだが、勤務時間の問題などで転職し、建設関係の会社の事務の仕事に移ったという。お客にはよく神田うのに似ていると言われていたリカちゃんは、細身でモデル体型、特に顔が小さく唇が大きかったので、店の若い女の子たちからは憧れの存在として眼差されていた。

私は年が近かったせいか、彼女が入店してすぐに店が終わった後にご飯を食べたり店が始まる前に買い物に行ったりする仲になった。彼女は店に入ってすぐ、もともとママとは懇意で店にもよく顔を出す、金払いのいいお客を摑み、しょっちゅう同伴でバッグや靴を買ってもらっていたため、靴も毎日のように違う海外の高級靴ブランドのものを履いていて、バッグや財布はもちろん、傘までブランド品を必ず使う。

ただ、買ってもらう品だけでは飽き足らず、同伴のない日は私や他の女の子を伴って、銀座駅付近の百貨店や服屋で洋服を毎日のように買う。彼女は買い物好きで、特に洋服はふらっと入った店で紙袋2袋に目一杯買ってしまうようなタイプだった。比較的自由だった店の中で着る服も、ドレス屋や量販店のものではなく、バーニーズやエストネーションなどで海外ブランドを揃え、当然私服もその類いの店で購入していた。

「欲しいもの我慢するとブスになるってうちの母親の口癖で、小さい頃から欲しいものあんまり我慢したことないんだよね。化粧品とかも、やっぱり安物使うと安い女になる気がしちゃう。休みは絶対海外旅行行きたいし、最近ゴルフを始めた」

彼女の話は、いかにも高い服や高い飯が好きないけ好かない女という感じであったが、銀座はそんな女が砂利《じゃり》ほどに転がっているのでそれほど気にならなかった。しかし彼女の気持ちの良いほどの散財っぷりは、昼職と週に3日程度のゆるゆるとした水商売で賄えるようにも思えなかった。当初は実家暮らしで昼職のお給料も銀座の給料も買い物につぎ込んでいるんだな、くらいに思っていたが、他の女の子からも彼女の買い物癖はやや極端に見えていたらしく、また彼女の会話の端々に、幼少期の自慢めいたものがちりばめられていたことから、「なんか実家が目黒のすごい地主らしいよ」というような嘘か真《まこと》かよくわからない噂話は時折耳にした。

一度、彼女の友人がクラブのイベントでＤＪをするというので、私は彼女と2人で出かけたことがある。昼間の職場の友人だから、できれば銀座でバイトしていることは黙っていてほしい、と言われ、私はその通りにした。その昼の職場の友達は他にも数人遊びに来ており、クラブの一角で、みんなでワイワイ飲んでいると、何かの会話の折に「リカはいいよねーお嬢様だし」「実家がお金持ちだから」というようなことを言う人がおり、店で聞く噂とも合致していたため、私はすっかり、彼女を趣味で銀座でバイトしているお嬢様なのだと思い込むようになる。帰り道では、彼女はこんな風に言っていた。
「別にうちは普通なのに、みんなにああいう風に言われちゃって、ウケる。でもうちの会社はお給料は安いから、みんな貧乏暮らしなんだよね。汐留のマンション住んでるって言うだけですごいとか言われて。今住んでるところはおじいちゃまが買ってくれたんだけど」

風俗バレして飛ぶ

結局、彼女は昼職の友達に内緒で銀座のバイトをしていただけでなく、その店に集まるバイト学生らにも内緒でお客とセックスしてお金をもらったり、時々風俗店にも出入りしたりしながら、逞しく暮らす夜のおねえさんだった。私がたまたまそのことを知ったのは、彼女が4ヵ月も経たずに店を辞め、連絡もつかなくなった後だった。

連絡がつかないとは思っていたが、別に必死に探していたわけではないので、私たちの話題に彼女が頻繁に登場するわけではなかったが、たまたま誰かが、リカちゃんはお姉さんと同居していた、というようなことを話題にした時に、何人かが引っかかった。

彼女は銀座でバイトを始めるタイミングで、代々木から汐留に引っ越した、一人暮らしである、と公表していたからだった。誰かが、ママに聞けばわかる、というようなことを言って、ママも交えて話してみると、お姉さんと同居しているという情報もどうやらあやしく、店に届けている住所も汐留ではなかった。

店のママが言うには、彼女は入店後すぐに掴んだ例のママとも仲の良いお客さんと、出会ったその日からホテルに行き、少なくとも1回につき10万円はもらっていたらしい。

さらに、色々と実家の事情を話して高額のお金を借りようとしたため、お客さんがやや心配してママに相談してきたのだと言う。店を辞めたのも、風俗情報サイトに写真が載っているのをたまたま店の女の子が見つけたので、ママがリカちゃんに問い詰めたところ、次の日から来なくなったのだと言う。

「最初の面接の時に、緊急連絡先が会社になってたから、実家の連絡先は？　って聞いたら、もともと母子家庭で、お母さんも2年前くらいに亡くなってて、家族っていないみたいだったの。天涯孤独みたいなことを言ってた。でも、みんなで話してると実家の話とかしてたし、どっちが本当かもよくわからないね」

嘘をつくと、整合性が取れないことがあった時に、また嘘で固めなくてはならないことはよくある。私たちは、住所問題で盛り上がったその夜、彼女の言っていたことを色々と挙げて矛盾を指摘し、盛り上がった。少なくとも昼間の職場の仲間や一部のホステス仲間が想像していたように、実家からの潤沢な資金で買い物や美容に旅行と贅沢していたわけでないのは明らかだった。

私は彼女ではないので、彼女の連ねる嘘が、お嬢様を演出するためのものなのか、実家の情報を伝えたくないが故なのか、ひたすら売春や風俗の経験を隠したいだけなのか、よくわからない。風俗を隠して、それでも誰より高い服を好きなだけ買いたいから、仕方なく実家がお金持ちという噂を甘んじて受け入れていたのか、お嬢様だと思われたいから、あえて毎日服を買って金持ちアピールをしていたのか。

お金を持っている＝「お嬢様」？

そういえば、ホストクラブに来る客も、実家がお金持ちであることを装うことがたまにある。銀座のクラブで初対面の客に「どんなお仕事なんですか？」と聞くのは別に普通の会話だが、ホストは基本的に客に職業を聞くのを禁止されている。それはホストクラブで毎晩何十万円も使うような子であっても、担当ホストや他の客に「風俗嬢だと思われたくない」と思う女の子が一定数いるからだ。

20代の女性で月に何百万円も稼ぎがあるというのは風俗嬢でもない限り逆に不審がられるし、そもそも圧倒的に風俗嬢が多い場所であるため、正直そこで隠さなくてもいいような気がするのだが、念入りに隠したい女の子は仕事終わりに結びぐせがついた髪の毛を美容院でセットし直してから飲みに来たり、会話の端々に水商売や昼職であることを匂わせる単語をちりばめたりして、風俗嬢のレッテルを逃れようとするのだ。

しかし、昼職や水商売であるという振りはできても、それで担当ホストの誕生日に何百万円ものボトルを注文すれば、お金の出どころに興味をもたれる。だから高額を使う場合は、大抵「キャバクラのお客さんから裏引きしている」か「家がお金持ち」であることにしてお金の出どころを曖昧にするのだ。

別に嘘も本当もただの幻覚も入り乱れる夜の世界で、真実を追求し、偽りを糾弾《きゅうだん》しようとも思わないし、気軽になりたい自分になれることは、そういった世界に足を踏み入れる一つの大きな理由だとすら思うが、それにしてもお金を持っている、ということをごまかす嘘が軒並み「お嬢様」しかないのはやや発想が貧困ではあるような気がする。

意識高い系夜の女とは何か

結局「私は素敵な人」と言いたい

意識高い系という言葉が否定的な意味で使われだして久しい。

おそらく、留学経験や社会人とのネットワーク作りに余念がないピカピカの就活学生を指していたと記憶しているが、SNSの急速な定着に伴い、朝っぱらから集まって勉強会を開いたり色んなイベントに顔を出して人脈を広げたり、自分磨きという名の消費が大好きな、ちょっとバカな人を指すようになった。

当初は、私はこの蔑称を嫌っていた。なんというか、一生懸命な人々、とりわけ就活のために頑張ってしたくもない留学をしたり海外ボランティアに参加したりピースボートに乗ったりする人を、努力も散髪もしていないネット住民が、陰でこそこそバカにしている感じがして、皮肉というより捻《ひね》くれたものの見方だと思っていたからだ。そもそも、一生懸命やる、というのが嫌われすぎた結果のゼロ成長社会で、しかもとんでもない人口減を控える我が国では、皮肉を言っている場合ではない。斜めから見ずに汗水垂らして働くのが正解である。

ただ、確かにSNSをふらついてみると、酵素玄米を使った料理をわざわざ女子たち5人で集まって作っていたり、本人とは到底結びつかない偉い人と友達アピールをしていたり、仕事の後にルブタンで港区を闊歩《かっぽ》し、無駄におしゃれなサラダを出すカフェで集まって有志たちでアプリ開発会議をしていたり、綺麗事を絵に描いたようなブログをやっていたりと、自己プロデュース力だけでできているような人たちがいて、この人たちを皮肉る言葉としてはよくできているような気もする。

基本的にこの方々、している努力はもちろん尊いものだとは思うのだけれども、言っていることは変わらず、「私は素敵な人」ということだけである。そんなことは、基本的に人から頼み込まれるほどビッグな存在の人が、よほどユーモアに溢れる文体で書かなければ、いや、ユーモラスな文体で書いたとしても結構痛々しくなりがちである。そもそも人から言われてなんぼのことを自分から必死にアピールするのは、普通なら気がひける。

別に昔から「私は素敵な人」と思っていた人はいくらでもいただろうが、バーチャルとリアルが入り混じるSNS空間だからこそ、自己アピールのタガが外れ、もはやテレビタレント以上に、写真に写る自分の姿のためにあくせく努力している感が否めない。勉強するのはいいけれども、勉強しているよ！　とキラキラした目でInstagram越しに言われても、こちらに生まれるのは冷笑だけである。

インスタ中毒の意識高い系女子たちは一見、下品な夜の街には無縁に見えるが、実は安易でキラキラした意識高い演出をするにはお金がかかるので、夜職に流れる学生も多い。で、熟成肉食べる食事会でダイアンフォンのドレスなどをさりげなく着こなし、大人の嗜みとしてソムリエ教室などに通い、休日にはこそこそ交際クラブで金持ち漁りをして、10万円ぽっちでセックスを捧げていたりする。そして、交際で出会ったお金持ちだけれども若干息が漢方薬臭いおじさんに連れられて行ったペニンシュラのラウンジのテーブルを、さも友人とふらっとお茶をしに寄ったかのようにインスタにアップしたりもする。そしてそれを見た別のワナビー女子が「みんなこんな素敵な日常を送っているのか」と焦り、同じような日常を送るために風俗で働き出したりもする。

意識高い「系」たる所以

そんな人は所詮、見せかけの「イシキタカイ」系であって、SNSが定着し、意識高い系なんていう言葉が騒がれ出してから露骨に素敵な日常を送るようになった、皮を剥がせば昔からいるただの内容の伴わない見栄っ張りである。その自分の本来の姿以上に自分を魅力的な、素敵な、優れた人間だと信じ込みたがっているところが意識高い「系」の意識高い「系」たる所以《ゆえん》であろうが、別に意識は高くない。どちらかというと無駄に自尊心だけ高い。ただ、以前から夜職界隈にも、いかにも意識が高く、しかしなんとなく滑稽な真の意識高い系という人たちもいる。今でいうと、Twitterなどでセックスワーカーのプライドや職業倫理などをとうとうと語り、世の風俗嬢のイメージがいかに偏って間違っているか、自分がいかに職業意識が高いかなどを宣伝して回る伝道師的な人。そしてそんな人たちもまた、意識高い系などという言葉ができる前から存在していた。

私がＡＶ女優を完全に引退して、ＡＶ女優の世界を題材に論文を書いていた頃、よく面白いネタをくれる変なメイクさんがおり、そのメイクさんのご好意でアシスタントのふりをして人の撮影現場に顔を出したり、打ち上げに呼んでもらったりしていたことがある。基本的には都内でＡＶ女優と飲んでるからおいでよ、的なことが多かったのだが、その日はとあるロケ現場に、メイクさんにくっついて同行できることになった。

その撮影に参加したＡＶ女優は5人いるのだが、3人は完全にエキストラのような役回りで、残りの2人は、前日からロケに参加している企画単体レベルの女の子だった。片方の女の子はすでに3年も女優業を続けている、業界的に言えばそれなりのベテランで、もう1人の女の子であったリリコちゃんというのが、その日の撮影がまだ3本目という新人だという。背が小さく、身体付きが華奢で、ロリ系と言えばロリ系だけれども、ちょっとギャルっぽい雰囲気のある20歳で、声が秋葉原周辺の人が好みそうなアニメ声である。

リリコちゃんは事務所に所属した後、単体女優として活動しようといくつもメーカーを周ってみたものの、ちょうど時代が単体契約を最も敬遠する時代に差し掛かっており、思うように契約は取れず、単発でデビュー作をとった後は企画単体的な立場で活動するようになっていた。デビュー作のギャラは本人の手取りが60万円、その日の撮影で支払われる予定のギャラは手取り30万円だと言っていた。

異常に高いプロ意識

で、彼女、まだ3本目とは思えないほどに現場でスタッフらに気を使い、エキストラの女の子たちの仕事のできなさに文句を言い続け、本人は台本をくまなく読み込み撮影が始まる前に何度もメイク室でセリフの練習をしているような、大変プロ意識の高い女優だった。AVの撮影なんて、セリフを言うシーンの演技力が問われることなんて大してないし、多くの人がメイク室では携帯で友達と電話していたり、グダグダとお菓子を食べていたりとゆるい雰囲気が特徴である。そしてその場にいたもう1人の3年目のベテランさんはまさにそんなタイプで、事務所の後輩であるリリコちゃんに若干圧倒されているようですらあった。

リリコちゃんは、企画単体の2人のために作られたベッドのある控え室で、台本を読みながら、「こういう流れのAVってよくないと思う」と、脚本にまで文句を言い出した。彼女の主張は、何やら表現規制派のフェミっぽい匂いもしつつ、大変他者に厳しい。

「なんか、女の子がみんな支配されたがってるとか誤解されたくないし、AV女優がそういう誤解を生んでるって思われるのも嫌じゃないですか。女の人だって今は賢く生きてるし、自立しなきゃいけないし。でも今日来てるエキストラの子みたいに、自分じゃ何にもできないけどオカネは欲しい、現場でも男に甘えればなんとかなるって思っている子とかは本当に嫌だ。そういう子がいるから、この職業は見くびられるし、AV女優だから演技なんてできなくてもしょうがないとか思われるし、私は絶対そういう風には思われたくないし、AV女優は変わらないといけないと思う。そうじゃないと、女性の敵のままですよね」

彼女は、ＡＶデビューする前はおっぱいパブとヘルスに勤めており、そこでも女の子たちの職業意識の低さに辟易《へきえき》としていたという。そして、もちろん、おっぱいパブで女の子のおっぱいに吸い付く「差別的なマザコン」男たちにも辟易としていた。そしてＡＶの営業に回りながら、ストリップ劇場の踊り子としても活動しているのだという。そんなことを話しながら控え室のベッドでストレッチをしたり、次の舞台で踊る曲をかけたりと余念がない。

女に厳しく、男に寛大

「風俗は、本当は究極のサービス業だし、磨こうと思えばどんどん腕も磨けるし、そうやって技術をつけていくならいいけど、ちゃんとプロ意識持ってプライド持ってやってる子が少なすぎる。みんな時間にもルーズで、だから差別されるんだよって思う。結局、だらしない子ができる職業って思われてるし。ＡＶは実力がないとできない仕事だから、ちゃんと実力を見せていきたい。そうじゃないと、女はダメだっていうレッテルが貼られる。ＡＶ女優はバカだとか、差別されて当然とか思ってる人も多い」

と語る彼女の言い分は大変ご立派でたいそうなものなのだが、実はＡＶの視聴者にしろ風俗の客にしろ、プロ意識が高く技術が巧みな者よりも、その辺からふらっとこの世界に迷い込んだような素人女を好むことも多く、彼女が声高に話すことは現場ではやや空振り感があった。

ただ、テキパキと動きNGを出さない彼女の仕事っぷりはもちろんとても好感度が高く、スタッフも「すごいね、まだ若いしデビューしてからそんなに経ってないのに」と感心はしていた。

ただ、そんなに意識が高く、だらしない女の子や女性蔑視の風潮に怒っているなら、なんでそもそもおっパブやAVの世界に飛び込んだのか、は気になった。もっとだらしなさを嫌う業界は多いし、そっちのほうが快適に過ごせそうである。彼女の服装はカジュアルで、華美な夜の匂いがするわけでもなく、聞けば中学高校は私立で、わざわざ風俗で働くほどのモチベーションはどこにあるのか、と。

聞けば彼女の同棲相手はバンド活動をしている歌舞伎町のホストで、新大久保にある自宅の家賃や光熱費はもちろん、彼氏の整形の代金や、自主制作のCDの資金なども大部分彼女が負担しているのだという。

「彼氏は音楽とかやらせるとすごい夢中になるけど、付き合った当初は借金も200万円くらいあったし、他のことはすごいダメ。ホストも、ちゃんとやってれば結構売れると思うけど、バンド優先でバイトだから、手取り15万円とかでそれは後輩に奢っちゃったりタクシー代に使っちゃったり。一緒に暮らしてると食費とか光熱費とかも入れたら月に30万円とかはかかるし、プラスして、出世払いで整形するときの60万とかも貸した」

女のだらしなさに大変厳しく、女性蔑視には厳しい彼女が、男のだらしなさにはとても寛大である妙を噛み締めながら、私はロケ地である埼玉のど田舎から電車で帰った。

ボロを纏えどネイルは豪華

現代人が、お金を惜しまずつぎ込むのはハゲ対策とデブ対策とはよく言われる。確かに飲んだら絶対にハゲないサプリがあれば100万円でも飲むだろうし、飲んだらいくら食べても太らないサプリもしかりである。不老不死とかもそうだろうけど、そちらは最早SFの世界である。

もちろん、AKB48にだけはお金を惜しまず使うとか、エルメスのためならアナルも解放、とか色々な趣味はあるし、別に税金さえ払えれば自分が稼いだお金をどんな風に使うかというのは全く本人の自由である。私も、19歳の頃から毎月ネイルに5万円かけているけど、それについて誰かに文句を言われたくもないし言われる筋合いもない。ボロを纏《まと》えどネイルは豪華。ただ、ネイルが100万円だったら諦めるかもしれないし、エルメスは100万円以上なので諦めている。

デブとハゲというのはもちろんコンプレックスに訴えかけるものである。ちなみに私のネイルも、指が一般的な成人女性に比べて短くて太いコンプレックスが根底にあるとも思う。コンプレックスに人が際限なくお金を注ぎ込めるのは、それが無形の敵であるからだ。形のない、何か大きなものというのはそもそも相場がわからないし、エルメスのバッグやピカソの絵と違って手に入ったと思った瞬間にまた指の隙間からすり抜けて消えてしまったりする。整形やちょっとした化粧品の謳い文句も、人のコンプレックスをうまくくすぐるものはヒットする。日本に住んでいるとテレビコマーシャルで絶え間なく地震に強い家が宣伝されているのはごく自然なことなのだが、海外からの留学生であった友人はそれに驚いていた。安全もまた人がお金を惜しまない対象であり、もちろんその根っこにあるのは不安というこれもまた無形の何かであったりする。新興宗教だってそうだ。

で、コンプレックスや不安に勝るとも劣らない私たちのお金の向かう先、投資の源泉、お金で少し手に入れたような気がしてすり抜けていくものというのが私はプライドだと思っている。ホストクラブに通う女の子たちがほぼ泣きながら自分の身の丈以上の金額を使うのも、借金してまで子供を私立に通わせる親も、ある種の誇りを満たすという行為のように思える。

逆に例えばホストの側が、ナンバーワンの座を無理やりでも維持するために自分の身銭を切って客を店に呼び、半額は自分が負担するから、と言って高い注文をさせるというのもよく聞く話で、これはわかりやすくプライドを実際のお金で購入していることになる。それはわかりやすい話で、どれくらいの金額までなら自分で負担するかは別として、金で手に入れられる地位というのはあってそれは魅力的なものである。

ただ、ホストクラブの客や教育ママや見栄を張るための外車やブランド品が、お金を使っている、いくら使っている、それだけ使えている、ということ自体も一部そのプライドの獲得に含むのに比べて、ナンバーワンの維持はお金を使っていること自体はぜひ隠しておきたい内実で、できれば使わずに手に入れるのが理想だという点でだいぶ違う。

「アッチの世界の人々」に冷笑的

ミエさんという私の1つ年上の人は、ナンバーワンを維持するホストよりももっとギリギリのプライドを維持するために、身銭を切るオンナである。短大に在籍していた10代も含め、長く東京で一人暮らしする彼女は、社会人人生の約半分はキャバ嬢として過ごしている。キャバクラの生活に疲れると昼職の面接を受けて派遣や契約社員、アルバイトなどの立場でOLとなり、OL生活に飽きるとまた働いたことのない繁華街でキャバクラ嬢を始める。最近は、昨年荻窪《おぎくぼ》のキャバクラを辞めて、微妙に怪しい不動産屋でアルバイトをしていたが、次はもう少し時間をフレキシブルに選べる昼職を探したいらしく、それまでの期間ということで今年に入って歌舞伎町の半熟女キャバクラに入店した。

「そろそろ本気でもう結婚してもいいかなって思ってさ。ずっとまだしたくないって思ってたけど。結婚したらフルタイムで働く気はなくて、だから今から頑張って資格取ろうとか正社員になれるところ探そうとは思わないんだよね。入って1年以内に結婚しちゃったら悪いし」

というのは最近彼女が私に言ってきたことだが、別に結婚を考える相手がいるわけではないうえに、実は全く同じようなことを3年前も聞いたし去年も聞いた。ちなみに前回、私が捕捉した彼女がかろうじて付き合っていたと言える男というのは2年前に4ヵ月ほど居候していた電気工であるが、彼女は「あれは結婚対象にはならない」と言っていた。

彼女はブランド品のバッグや靴などを全く持たない。ただ、全く興味がないというよりも、彼女的には1万円だったら買うけど10万円出してまで欲しくはない、という程度らしく、使っているバッグはノーブランドの若干ギャルっぽいものと、山で発掘したようなクオリティで汚いヴィトンのモノグラムのアルマだけである。

食事は自炊が趣味で、かと言って別にインスタ映えするような料理をテーブルに並べるわけでもなく、実家から送ってきた大量の塩麹《しおこうじ》を活用してものすごく地味でものすごく日本人の口に合う料理を作っては、わざわざレシピをLINEで送ってくれたりするような、近所の面倒見のいいおばさん的な精神もある。そして飼っているウサギとともに家で1人で食している。

つまり彼女にとってキャバクラは、一部の、しかし最近では主流の人々にとってのそれのように、若い時にいくばくかのキラキラした世界を提供してくれるような類いのものではなく、クリアに生きるためのつなぎのようなものである。ドレスも有名ドレスブランドのものなどは皆無でペラッとしたものを純粋な仕事着として数枚所持していて、求められない限りはヘアメイクなどしない。

当然、時給もパッとしない額で、例えば荻窪の店では2600円だった。ドリンクバックや同伴手当などを考えると、5時間半勤務してやっと1万5000円を超えるほどだが、そこから送りの車代など諸々の諸経費を引かれるため、週に4日出勤しても手取りの月給は20万円に満たないこともある。

別に彼女はごくたまに豪勢に焼肉など外食ができれば、あとは家賃と光熱費さえ滞納しなければ特に問題ないと言うし、そんなことより週に5日働くことやノルマに突き動かされることのほうを嫌う。当たり前のように、キャバ嬢としてSNSをしたりナンバーワンになったりすることなど興味ゼロで、そういったキャバ嬢たちを「アッチの世界の人々」とやや冷笑的に話題にすることすらある。

赤文字キャストにだけはならない

そういった浮わついたところがない庶民的で現実的なホステスだって実際のところは結構多いし、それ自体はとりたてて何も珍しいことも驚くべきところもないのだが、ミエさんが面白いなと思うのは、見た目や生活は誰よりもそちらに振り切っているように見えて、実際の心持ちはそうでないところである。別にものすごく仕事中だけは熱心であるとか、売り上げはあげないけど女の子や店のスタッフへの気遣いが優れているとか、絶対に仕事を休まないとかいうことはない。仕事中も平気で携帯ゲームに熱中するし、女の子や店のスタッフとは仲は良いけれど敬意はなく、平気で当欠も遅刻もする。

ナンバーワンがどれだけ売っているかとかモデル級美女が何人いるかのほうが興味の中心を占める有名店や高級店の話題ではあまり注目されることがないが、ミエさんが選ぶような店ではダメホステスのダメっぷりや指名が1本もないホステスというのが結構な頻度で非難の的となる。店によっては、売り上げが時給を超えないホステスを「赤文字キャスト」などと呼んで時給を下げたり、本指名が取れない場合に「ゼロ本キャスト」などと呼んで特別に指導したりする。ホストクラブでも売り上げのない新人ホストは胸に名札をつけることを強制されたり、「ゼロ卓ゼロ万」などと言って叱責したりする。

ミエさんは、頑張って指名を取ろうと営業をかけているキャストを皮肉交じりに「必死」などと言って半ばバカにしているようなところがあり、自分は全く営業電話などをかけたり新規の客にアピールしたりはしない。むしろ過剰にそうである。しかし、かと言って絶対に赤文字キャストにだけはならないという掟を自分に課しており、店によって決められている最低限の売り上げや指名本数が取れない場合は、その家に居候していた電気工を始めとする男友達や、時には女友達すら動員して、内緒で最低料金を自腹で渡し、店に来てもらうのである。

「本職じゃないし、これで体力使いたくもないけど、さすがにロッカールームの指名表に赤文字で自分の名前があるのはプライドが傷つく。かと言ってそのために必死になってるのもどうかと思う。バカにされたくはないけど、バカにされないために頑張ってると思われるのも嫌だ」

平均月収23万の彼女はそのギリギリのプライドのために多い時では月に5万円も使ってい

る。

おわりに

お金で買える幸せを求めて

無駄遣い、という言葉が私は嫌いである。嫌いというか、なんとなく言い得ていない気がするのだ。お金のことも私たちのことも私たちとお金の関係も。

生活必需品や家賃は無駄遣いではなく、髪の毛につけるお花や目をより大きく見せるアイプチは無駄遣いだろうか？　正直、家賃のほうが無駄な気もする。お墓に供える花は無駄遣いではなく、部屋に飾る花は無駄遣いだろうか？　同窓会の会費は無駄遣いじゃなくてホストクラブのシャンパンタワーは無駄遣い？　ファンデーションは無駄遣いじゃなくてプチ整形は無駄遣いなのか？

言ってしまえばオンナを養うわけでも子供を養うわけでもない、親に楽させるわけでも家庭を維持するわけでもない私や多くのオンナの使うお金など、全部無駄遣いといえば無駄遣いだし、食うに困るわけでも世界を救うわけでもない私たちの仕事など膨大な暇つぶしである。それでも私は稼がずにはいられないし、使わずにはいられない。なぜだろうか。

高度に効率化された社会で、私たちにとってお金はとてもフェアなものである。誰が買ってもタバコは480円、おにぎりは130円、ルブタンは9万円、三田のマンションは5000万円。誰が働いても新聞社の初任給は手取り30万円程度、コンビニのバイトは時給900円程度。

そして高度に複雑化した社会で、私たちにとってお金はとてもアンフェアなものでもある。お金を持っていないとお金を借りられないし、お金持ちはどんどんお金持ちになって貧乏人はなかなか這い上がれないし、美人はしょっちゅう奢ってもらえるうえにキャバクラの時給が高い。交際クラブもブルセラも風俗も、オンナによって顕著に値段が違う。

わかりやすくフェアで統一された価値であると同時に、私たちの他人との差異を示してくれる不平等で正直な指標でもある。そしてとても複雑で、女子高生の時に制服姿のパンチラギリギリで5分間、マジックミラーの前で悩ましげなポーズをとってもらう金額は、大学時代の彼氏が引っ越し屋のアルバイトで8時間汗だくで働いてもらう金額とちょうど同じだった。週に4日出勤した月のキャバクラのお給料はAVのデビュー作のギャランティより安かった。

だから何においても正解などなく、何が無駄で何が無駄じゃないなんて死ぬまでわからないのだろうけど、だからこそこれまでもこれからもお金は確実に私たちに悩みと、そして何かしらの幸福をくれるのは確かだ。お金で買えない幸せはお金では買えないし、それはそれで存在を信じているけれど、お金で買える幸せはお金がなくては買えないので、それもまた尊い。

先日、ちょっと友人の結婚式の打ち合わせでものすごく久しぶりに横浜駅で降りた。桜木《さくらぎ》町《ちょう》に住んで、まだ自分が何をしたいのか、何が欲しいのかもよくわからず、毎月もらうギャラやキャバクラのお給料袋に入っているいくばくかの自分の価値を信じていた頃、私は有り余る経済力と不安を持て余してよく横浜駅のそごうや髙島屋をぶらぶらと歩いていた。お財布には常に50万円近く入っていて、まだ限度額が低かったカードの支払いは遅れたこともなく、化粧品フロアにも海外ハイブランドのフロアにも婦人服フロアにも、私の持っているお金で買えるものがたくさんあった。

そしてもちろん世界に目を向ければ自分には全く手の届かないものもあって、私の値段はどうやらシャネルのマトラッセとエルメスのオーストリッチのバーキンの間くらいにあるらしいという絶望と、それでも毎月マルイの新作の服はほとんど選ぶまでもなく全て買えるという自信が交互に閃《ひらめ》いて、とても複雑にも幸福な20歳だったと思う。

久しぶりに入るそごうは相変わらずたくさんの品物があって綺麗なものもたくさんあって、それでも今の私には10万20万のバッグはそうそう気軽に買い漁る類いのものではない。財布に50万円なんてもちろん入っていないし、綺麗だな可愛いなと思ったもののうち10個に1つくらいしか買おうとは思わない。それは私があの頃に比べてものすごく貧乏になったとか、年をとって顔も身体も劣化して自分の肉体には昔ほど価値がないことに気づいているとかいう理由も多少はあるが、でも今は自分が買わない20万円の靴よりも自分の価値が低いとも思わない。別にお金で買えない幸せを摑んだわけでもないし、人の命の重みに自覚的になったわけでもないが、少なくとも10代20代の頃のように焦るように稼いで焦るように使わなくても結構楽しく暮らせるようになったのは事実だ。それに何より、20万円は無理でも10万円の靴は買えるのだから、私は今も幸福だと信じている。

＊＊＊＊＊

連載中から遅れがちな私の原稿を根気強く待ってくださり、時々くだらないおしゃべりの相手にもなってくれる講談社現代ビジネスの露木桃子さんに感謝いたします。また、ネタを提供してくれた新旧たくさんの女友達、お金と若さを持て余して迷走しまくっている全てのオンナの幸福を心から祈っています。

鈴木涼美（すずき・すずみ）
文筆家。1983年東京都生まれ。
明治学院高校卒業後、
慶應義塾大学環境情報学部入学。
その頃から、横浜・新宿でキャバクラ嬢として働き出し、
20歳でAVデビュー。
80本近くの作品に出演する。
東京大学大学院学際情報学府で
執筆した修士論文は後に
『「AV女優」の社会学　なぜ彼女たちは饒舌に自らを語るのか』
（青土社）として書籍化される。
大学院修了後、2009年に日本経済新聞社入社。
都庁記者クラブ、総務省記者クラブなどに配属され、
地方行政の取材を担当する。
2014年秋に退社し、現職。
夜働く女性たちに関するエッセイや、
恋愛・セックスのコラムを多数執筆。
また、コメンテーターとしても活躍中。
著書は他に『身体を売ったらサヨウナラ』（幻冬舎文庫）、
『愛と子宮に花束を』（幻冬舎）、
『おじさんメモリアル』（扶桑社）。

オンナの値段《ねだん》

二〇一七年一二月五日　第一刷発行

著者　鈴木涼美《すずきすずみ》

©Suzumi Suzuki 2017 Printed in Japan

発行者　鈴木　哲

発行所　株式会社　講談社
東京都文京区音羽二丁目一二―二一　郵便番号一一二―八〇〇一
電話　編集〇三―五三九五―三五一五
販売〇三―五三九五―四四一五
業務〇三―五三九五―三六一五

ブックデザイン　鈴木成一デザイン室

印刷所　慶昌堂印刷株式会社

製本所　株式会社国宝社

定価はカバーに表示してあります。落丁本・乱丁本は購入書店名を明記のうえ、
小社業務あてにお送りください。送料小社負担にてお取り替えいたします。
なお、この本の内容についてのお問い合わせは、第一事業局企画部あてにお願いいたします。

本書のコピー、スキャン、デジタル化等の無断複製は著作権法上での例外を除き禁じられています。
本書を代行業者等の第三者に依頼してスキャンやデジタル化することは、
たとえ個人や家庭内の利用でも著作権法違反です。
R〈日本複製権センター委託出版物〉複写を希望される場合は、
事前に日本複製権センター（電話〇三―三四〇一―二三八二）の許諾を得てください。

ISBN978-4-06-220887-1